Oscarina

Marques Rebelo

Oscarina
(Contos)

1ª edição

Rio de Janeiro
2022

CIP-BRASIL. CATALOGAÇÃO NA PUBLICAÇÃO
SINDICATO NACIONAL DOS EDITORES DE LIVROS, RJ

R234o   Rebelo, Marques, 1907-1973
         Oscarina (contos) / Marques Rabelo. – 1ª ed. – Rio de
Janeiro : José Olympio, 2022.

ISBN 978-65-5847-050-2

1. Ficção brasileira. I. Título.

CDD: 869.3
21-73091   CDU: 82-3(81)

Meri Gleice Rodrigues de Souza – Bibliotecária – CRB- 7/6439

Copyright © José Maria Dias e Maria Cecília Dias da Cruz

Ilustração de capa: Sem título, J. Carlos / Coleção Eduardo Augusto de
Brito e Cunha / Instituto Moreira Salles

Todos os direitos reservados. Proibida a reprodução, o armazenamento ou
a transmissão de partes deste livro, através de quaisquer meios, sem prévia
autorização por escrito.

Texto revisado segundo o novo Acordo Ortográfico da Língua Portuguesa.

Reservam-se os direitos desta edição à
EDITORA JOSÉ OLYMPIO LTDA.
Rua Argentina, 171 – 3º andar – São Cristóvão
20921-380 – Rio de Janeiro, RJ
Tel.: (21) 2585-2000.

Impresso no Brasil

ISBN 978-65-5847-050-2

Seja um leitor preferencial Record.
Cadastre-se no site www.record.com.br e receba
informações sobre nossos lançamentos e promoções.

Atendimento e venda direta ao leitor:
sac@record.com.br

Para
Alvaro Moreyra,
Augusto Frederico Schmidt,
Francisco Ignacio Peixoto,
Prudente de Moraes, Neto
e
Walter Benevides

SUMÁRIO

Prefácio – Um livro sobre os vencidos,
os maltratados, os invisíveis,
por Marcelo Moutinho **9**

Oscarina	17
Na rua Dona Emerenciana	71
Em maio	83
Caso de mentira	95
A mudança	105
Um destino	111
Na tormenta	125
Felicidade	139
História de abelha	149
Uma senhora	161
Espelho	169
História	175
Tragédia	179
Uma véspera de Natal	187
Onofre, o terrível, ou a sede de justiça	193
A última sessão do grêmio	201

PREFÁCIO

Um livro sobre os vencidos, os maltratados, os invisíveis

Marcelo Moutinho*

NA TARDE DAQUELE SÁBADO DE 1931, Marques Rebelo caminhava pelas ruas de São Paulo ao lado do amigo Mário de Andrade quando se deparou com seu livro de estreia, *Oscarina*, exposto na vitrine de uma loja. Passado o susto inicial, o escritor se viu tomado pela aflição. A livraria já

---

* Escritor e jornalista. Autor de *A lua na caixa d'água* (Malê, 2021), *Rua de dentro* (Record, 2020) e *Ferrugem* (Record, 2017), entre outros.

havia fechado e, como ainda não recebera nenhum exemplar, precisaria esperar até o dia seguinte para ter em mãos a tão esperada obra.

Sua agonia se justificava. Afora a natural ansiedade do autor iniciante, a gestação de *Oscarina* não se deu sem estorvos. Quatro longos anos se passaram entre o momento do ponto final e o dia em que enfim os textos que viriam a compor a seleta ganharam o mundo por meio da Livraria Schimdt Editora.

Saudado com entusiasmo pela crítica, o livro já trazia algumas das marcas que distinguiriam o escritor carioca: o olhar acurado sobre o universo da classe média baixa, o interesse pelos dramas miúdos, o registro coloquial que evoca o linguajar das ruas. Em seus contos, o cotidiano da cidade — aqui falamos, claro, do Rio de Janeiro — é colocado em primeiro plano, como se fosse também protagonista das histórias.

E o Rio de que trata Rebelo é aquele que se encontra à margem dos cartões-postais. Compõe-se de mafuás, gafieiras, pensões familiares, pequenas vendas, casas de bilhar, por onde trafega uma gente com muita esperança e pouco glamour. Funcionários públicos, datilógrafas, vendedores, arrumadeiras.

Jorge, o personagem principal do conto que dá título ao livro, é um desses tipos. Para desgosto do pai, abandona os estudos. Julga que as horas dedicadas aos livros são inúteis,

PREFÁCIO

sobretudo quando há a opção de tomar uns copos com os amigos e rodopiar nas pistas de baile. Tenta um emprego ou outro, sem sucesso, até que decide seguir a carreira militar. A noiva, Zita, é trocada por Oscarina, uma morena cheia de encantos. E, já convertido em cabo Gilabert, o rapaz mergulha de vez na boemia. "Agora os seus pileques são no quarto mesmo, junto com a cabrocha que emagreceu e se saiu uma esponja de primeira grandeza" (pp. 67), observa o narrador.

A trajetória de Jorge, ou cabo Gilabert, espelha uma oscilação entre a expectativa social do trabalho e a vida mundana, que se fundem, esfumaçando a lógica rígida das dicotomias. Como o malandro categorizado por Antonio Candido, ele se equilibra na linha tênue entre esferas da ordem e da desordem, está sempre na zona cinzenta entre dois mundos aparentemente opostos.

Nessa e nas demais tramas do livro, Rebelo mistura sarcasmo e lirismo. Seus personagens refletem o brasileiro que luta para que o salário não termine antes do mês. Se perdura a expectativa de ascensão, de "ser doutor", de obedecer às normas, por outro lado o ilícito, a possibilidade de rompimento, se mantém invariavelmente à espreita.

Clarete — que lembra Leniza Máier, do romance *A estrela sobe* (1939) — tirou o segundo lugar no concurso de beleza do bairro. Sonha ser atriz de Hollywood. Acaba casada com seu chefe na Cia. Telefônica e sócia do Country

Club. Dentro da farda cáqui com o distintivo vermelho da Saúde Pública, o mata-mosquito Onofre sente "qualquer coisa de divino, de onipotente" (p. 194). Então se recorda do contracheque irrisório, dos tantos contos que ganha o diretor — ele que não bota a mão na massa, não trabalha "ao sol, na chuva, sem domingos, sem feriados, sem hora, sem nada" (p. 195). Resolve se vingar. Deixar os mosquitos tomarem a cidade. Mas logo desiste. Mais cedo ou mais tarde, o caldo morno da vida se impõe.

A maior parte das histórias se situa na zona suburbana da cidade. Quando me refiro a subúrbio, adoto a singular acepção que o termo ganhou no Rio de Janeiro: bairros situados ao longo da linha férrea e majoritariamente ocupados por população de baixo poder financeiro. Um significado construído a partir de premissa ideológica, já que a gênese do vocábulo tem caráter cartográfico. No Rio, "a classe social é que determina o que é subúrbio, a geografia não importa", como afirma o geógrafo Nelson da Nóbrega Fernandes, estudioso das transformações semânticas sofridas pela palavra na esteira da reforma urbana que tomou a cidade no início do século XX. As mudanças então efetuadas pelo prefeito Francisco Pereira Passos foram determinantes para que os antigos moradores deixassem o Centro e ocupassem os bairros denominados de "suburbanos".

Em *Oscarina*, esse subúrbio aparece justamente como contraponto ao acelerado processo de "modernização". A

PREFÁCIO

cidade se industrializava, ganhava densidade populacional, mudava sua fisionomia. Rebelo, em contrapartida, buscava um Rio de Janeiro que parecia se recusar a subir no bonde dos novos tempos. No livro, ele se debruça sobre personagens, atividades e costumes rejeitados pelo cosmopolitismo cujo maior modelo era a "civilizada" Paris.

Ante o frenesi do espaço urbano em transição, o autor descreve as cenas de um domingo na praça, no qual a menina de boina escarlate e cabelo ao vento espera o namorado, o "italiano exuberante que cachimba na casa de loterias" (p. 86), o "cego do realejo" (p. 92) adivinha o futuro em pequenos pedaços de papel. "Marques Rebelo é um nostálgico dos tempos mais simples, que coincidiram com a sua infância no começo do século", como salienta o crítico Alfredo Bosi.

Nascido em 1907 no bairro de Vila Isabel, onde morou durante a meninice, Rebelo foi registrado como Eddy Dias da Cruz. O pseudônimo que o notabilizaria despontou em paralelo ao desejo de ser escritor e teve como inspiração um obscuro poeta do quinhentismo português. Quando Clarice Lispector lhe perguntou, numa entrevista, a razão da mudança, Rebelo respondeu com a habitual ironia. Disse que Eddy Dias da Cruz é um nome bom para compositor de escola de samba, mas péssimo para um ficcionista.

Pois a experiência do garoto Eddy ressurge na obra de Rebelo — e não só sob o aspecto da ambiência. Se em seus livros podemos sentir "o paladar e odor do ajuntamento humano", como escreveu Carlos Drummond de Andrade, é perceptível também a sintonia entre o texto e a sintaxe das ruas. "Tim-tim por tim-tim", "encrenca" e "cabeça de galo" são algumas das expressões populares encontradas ao longo de *Oscarina*. Inseridos na narrativa sem destoar da modulação sintética do texto, esses termos ajudam a formatar uma dicção original, por intermédio da qual o Rio de Janeiro ganha legibilidade. Entre a experiência empírica e a invenção, emerge a cidade simbólica.

De fato, há uma sombra de nostalgia a cobrir as histórias, um movimento no sentido de inventariar a urbe afetiva (e heterogênea) que pulsa sob a fúria homogeneizante da "modernização". Na mesma entrevista a Clarice, Rebelo afirmaria: "Cada bairro tem uma personalidade própria. O Rio de Janeiro é uma cidade com muitas cidades dentro." Isso, contudo, não significa conservadorismo do ponto de vista formal. Pelo contrário. Objetivo e sem enfeites, seu texto revela a arte difícil da simplicidade.

"Marques Rebelo é moderno sem ser modernista", definiu o dramaturgo e romancista Josué Montello por ocasião do ingresso do escritor na Academia Brasileira de Letras (ABL). Ao trazer *Oscarina* de volta às livrarias, esta bela edição da José Olympio vem reiterar as palavras do acadêmico. Como se não bastasse, nos lembra que a lite-

PREFÁCIO

ratura é também o lugar dos ferrados, dos invisíveis, dos maltratados, dos vencidos. Torcedor apaixonado do América Futebol Clube — "meu time perde sempre", dizia —, Rebelo sempre esteve ao lado deles.

OSCARINA

Chegava a esmurrar a cabeça:

— Como há de ser, meu Deus, como há de ser?!

Jorge não atinava com a resposta e há três dias andava preocupadíssimo, emaranhado no denso cipoal das conjecturas, na esperança duma solução honesta para a situação que ele próprio criara. Passava as noites em claro, noites lassas de verão, povoadas de mosquitos impertinentes, coçava a cabeça de minuto em minuto no escritório, poeirento, antiquado, quente como um forno no rigor daquele fevereiro bravio; perdera o apetite, não comia direito, dormia em cima da sopa, um grosso caldo de batatas com salsa e aletria boiando, em que dona Carlota era emérita. Seu Santos interpelou-o, o garfo cheio, suspenso:

— Você não come, rapaz?

— Ah! exclamou, acordando.

— Está no mundo da lua?!... muxoxeou o pai, agastando-se, o que por dá cá aquela palha acontecia. Houve um silêncio no mastigar de seu Santos, que cruzara os talheres, satisfeito — estou cheio! — e escolhia um palito no paliteiro de vidro azul, a Fortuna com a sua abundante cornucópia.

Subindo pela janela da área, o jasmineiro embalsamava a sala com um perfume de entontecer. A mosca desapareceu com o safanão higiênico de dona Carlota, que imaginando lá com os seus botões: Aqui há dente de coelho... — não ousava perguntar nada. Olhava para o filho, olhava para o marido... Jorge se achava novamente a cinquenta léguas da vida, seu Santos gostava de goiabada com farinha:

— Onde está a farinheira?

A mulher saiu correndo, medrosa:

— Já vai e desculpava-se: Não é que eu me esqueci!... Preciso tomar fosfatos. Ando com a cabeça oca.

Jorge abismava-se nos seus pensamentos. Pedir conselhos? Tomar conselhos? Ele que nunca fora de conselhos... E com quem? Só se fosse com seu Fontes. Dr. Fortunato também poderia, com tenente Afonso, porém, seria mais acertado. Sobrevinham-lhe embaraços razoáveis dada a sua índole: como é que haveria de falar sendo tenente Afonso tão esquisito, tão seco, parecendo cumprimentar os outros por favor?... Era o diabo!... O melhor mesmo seria resolver por conta própria. Afinal se decidiu: Puxa! — iria assentar praça, como voluntário, no Forte de Copacabana, onde diziam que o serviço era mais folgado e havia banhos de mar.

Bebeu o cafezinho requentado, levantou-se, botou o chapéu na cabeça e gritou do corredor, comprido e úmido:

— Bênção, papai. Bênção, mamãe.

Seu Santos, entretido com a *Notícia*, perto da janela onde havia mais luz, que a sala já estava ficando escura, nem respondeu, mas a mãe, que estava lavando pratos na cozinha, chegou até a porta e implorou um favor em forma de pergunta:

— Você volta cedo, meu filho?

Acendeu um cigarro, bateu o portão, com força, para a peste do Pirulito não fugir e acenou:

— Alô, Henrique!

O rapazinho pálido respondeu do alpendre fronteiro:

— Alô, Jorge! Vai dar a sua volta, hein!

— É.

— Está bonita a tarde, e olhava-a.

Jorge, pouco amante de belezas naturais, olhou também. A noite de estio vinha tardiamente descendo dos morros, cálida e dolente; cigarras vespertinas chiavam na distância, líricas, divinas; entre risadas, tocava-se piano no chalé da viúva Lamego, cuja fachada fora festivamente pintada de verde para o casamento da Loló.

— Bem, té logo. Ajeitou a palheta e tocou para a casa da namorada, que era perto.

O rapazinho seguiu-o com os olhos mortos, uns olhos baços e encovados. Era alto, um rosto infantil, os ossos furando-lhe a carne, entrevado de nascença. Viu-o dobrar a esquina. Viu passar a filha de dona Dalva, que trabalhava na cidade, viu os meninos jogarem gude, no jardim do 58, numa algazarra, "Marraio, feridor, sou rei", "Fui eu! Não roube!", e recolheu-se, tão inútil se sentia — tão inútil e a tarde tão linda! — arrastando-se penosamente com o auxílio das muletas, enquanto o riso dos pardais, despencando das folhas, ia atrás dele.

Jorge dera um dia uma grande cabeçada, deixando de estudar para ir ganhar a vida, outra vida melhor do que a que lhe dava o pai como estudante, fácil, despreocupada, cinemas com abatimento, suas brincadeiras à custa de colegas abonados com o Décio, um perdulário. É o destino. Abandonara tudo para trabalhar, que se metera esta ideia na cabeça, e entrou para Souza Almeida & Cia., negociantes em grosso (fumos, cachimbos, artigos para fumantes em geral), um sobradão na rua do Rosário.

Souza Almeida, que já dobrara o cabo dos cinquenta, claudicava duma perna, era boa pessoa, gordo, amável com os empregados: "Seu Jorge, faz favor." "Seu Jorge, olha o pedido da Charutaria Princesa. Tenha a bondade de não se esquecer." Seu Jorge pra cá, seu Jorge pra lá. Bem estava vendo que era a besta de carga, mas no fim do mês contava receber grosso; também, calculava, negociantes em grosso eram eles, Souza Almeida & Cia.

Mas qual!... Foi uma desilusão! Cento e vinte mil-réis só. Deve ser engano, matutou, que de enganos anda o mundo cheio. Tinha a ingenuidade dos que saem dos carinhos caseiros, prenhes de facilidades e larguezas.

Chegou-se para a alta escrivaninha onde seu Gonçalo, guarda-livros, velho como a casa, amarelo e sujo, trabalhava em pé:

— Está certo, seu Gonçalo?

— Por que não? perguntou-lhe seu Gonçalo, cara de bobo, arranhando a caspa com a caneta.

A pergunta valia por uma resposta, não há dúvida. Jorge meteu o dinheiro no bolso, deixou o guarda-livros estranhando, conferindo o caixa, falando alto: Fui eu que contei o dinheiro... Fui eu... — e foi pegar o bonde das seis e dez com uma fome canina.

O largo de São Francisco regurgitava de povo na tarde quase noite. O anúncio luminoso acendia e apagava. Um cheiro forte de chocolate errava no ar. Homens tossiam.

Se o rádio não fosse tão fanhoso, compreendia-se a letra do samba muito bem.

Estava repleto o bonde, gente pendurada nos balaústres. Dlem! Dlem!, o motorneiro batia a campainha, impaciente. Cavou um lugar apertado no reboque e explodiu:

— Isso é o que se chama uma injustiça! Cento e vinte mil-réis... Parece incrível!

Teve ódio do velho Souza Almeida; sentiu ímpetos de voltar, entrar pelo escritório adentro, aquele escuríssimo escritório, no fundo da loja, onde a Nair, datilógrafa, definhava de tanto escrever cartas para o interior, e estraçalhá-lo a murros e pontapés, quando se lembrou da manhã em que fora tratar o emprego, uma manhã alegre, as casas parecendo sorrir ao sol outonal. Tinha ido com a roupa azul-marinho, a melhorzinha, que a mãe passara a ferro com cuidado. Souza Almeida prodigalizou-lhe gentilezas:

— Quanto ao ordenado, meu caro, não tem que pensar, deixa isto por minha conta. Trabalhe, e punha-lhe no ombro a mão esperta, trabalhe é o que lhe digo, no fim do mês saberei recompensá-lo.

Bonita recompensa, não tem que ver! Exploração é o que era. Fazia as contas: almoço, sessenta. Ficavam sessenta. Bonde, mais doze. Sobravam quarenta e oito. Muito bem. Agora, cigarros, dezoito. Média, outros dezoito. Somando tudo: cento e oito. Restavam-lhe doze! Doze! — berrou — Doze mil-réis! O vizinho de banco se espantou, um senhor com cara de honesto e embrulhos pacatos para a família. Jorge encabulou, vermelho como um casarão. Tentou assobiar. Olhou anúncios. O veículo comia ruas, cortava praças, atravessava avenidas, jogando casas para trás, barulhento e desengonçado. Acabou por voltar à sua indignação:

— Puxa, que safadeza igual a esta nunca vira! Mas eles me pagam, ora se pagam!... Quero que me cortem a cabeça...

Sacudiu a campainha com energia, saltou sem esperar que o bonde parasse, desceu a rua a passos largos, furioso. Na fúria em que ia esbarrou com o quitandeiro que saía do 37 e foi grosseiro:

— Você está cego, seu galego?

Deixou o homem, humilde, gaguejando desculpas, não cumprimentou dona Filomena (senhora do seu Jacinto dos Telégrafos, com um telefone de que toda a vizinhança se servia), chegou em casa como uma fera.

Contou tudo, aumentando: "Eu faço isso, minha mãe, eu faço aquilo, a correspondência, as notas de entrega — uma maçada, o protocolo..."

Dona Carlota não sabia o que era protocolo, mas não perguntou, fez-se de sabida, devia ser uma coisa importante naturalmente com um nome daqueles: o protocolo.

Resumiu: Eu faço tudo, e encostou-se no etagere, mudo, a cabeça enterrada nos punhos cerrado.

Dona Carlota choramingou: uma injustiça mesmo. Deu razão ao filho: Que coisa, já se viu? Das sete da manhã às seis da tarde, almoço fora e trabalho a valer: a correspondência, as notas — não é? — o protocolo — enchia a boca e repetia: o protocolo... Qual!... Isso assim não tem cabimento... E balançava a cabeça.

Jorge mostrou-se mais contente, aliviado, esboçou até um sorriso magro, abraçando frouxamente a velha:

— Paciência, minha mãe... Fez-se de sacrificado, de resignado: A vida é assim, dura.

Precisava de qualquer coisa dura como a vida para ilustrar a sua resignação. Deu, na mesa, um soco forte, de antigo extrema-esquerda do Aymoré Esporte Clube: como isto.

O pai, que tinha ido fazer uma visitinha ao Antero, que estava de cama, com erisipela, chegou nesta hora. Era baixo, curioso e terceiro oficial no Ministério da Marinha:

— Como isto o quê?

Dona Carlota enxugou, rápida, na ponta do avental de xadrezinho, as últimas lágrimas, Jorge refez, aperfeiçoadamente, a cara sinistra com que viera e, ajudado pela mãe, foi verboso, teatral. O pai ouvia calado, em pé, no meio da sala. Ele prosseguiu trágico e fecundo: as injustiças, as lutas diárias... Ele pau pra toda obra, sim senhor. Precisavam de alguém para dar com os costados em caixa-pregos? Todos tiravam o corpo fora. Ele, não. Ia. E os dias inteiros na Alfândega, no Cais do Porto, no meio de estivadores, sujeitos brutíssimos e perigosos?

OSCARINA

Gostou do seu modo de falar, achando-se inteligente no discorrer fácil e imaginativo das suas lutas, dos seus sacrifícios, dos seus esforços. Saboreou interiormente os gestos largos, solenes, ora acabrunhados de lutador vencido, ora triunfadores de herói pronto para continuar, para suportar novos revezes, certo da vitória final. Por um momento, até, passou-lhe pela cabeça a ideia de ser ator de teatro e já ia sonhar sucessos, seu nome em letras enormes no cartaz do São José quando o pai, esboçando um sorriso, pôs ponto final na coisa, frio como um sorvete:

— A vida é isto.

— Que é isto sei eu, respondeu, meio malcriado, meio decepcionado. E olhou, com ódio, a mesa: dura!

Estava varado de fome. Quando era menino, a mãe lhe dizia: "Está com fome? Vai na rua, mata um homem, tira as tripas…" Hoje… Não quis jantar, trancafiou-se no quarto pequeno, caiado, arrumadinho. O pai não se impressionara com a arenga que fizera. Idiota! Também… Também, analisando os fatos, a culpa fora dele para aquela asneira de querer ganhar a vida? Tolice. Agira como um babaquara tomando birra ao estudo à toa, porque tinha até muita sorte: estudava pouco e passava em tudo quanto era exame. Raspando, mas passava e era o que valia. Tinha, porém, inveja dos camaradas empregados que não estudavam, que não ficavam mais magros por não saberem os teoremas de geometria, nem os verbos irregulares ingleses, dos quais o Benzabat atulhava treze pagininhas, o bandido, e tinham

— felizardos! — a noite inteira para jogar na gandaia. E as festas do Ginástico, do Orfeon, do Clube Euterpe!... Aquilo, sim, é que era vida! Por aquilo é que ele ansiava. Não quis acabar os preparatórios, faltando-lhe apenas três. Bobo! Queria ir para o comércio. O pai se opusera, com vontade que ele fosse doutor, único filho, que diabo, valia a pena. Sempre era uma honra para a família e para ele, principalmente, que era o chefe. Devaneava:

— Apresento-lhe aqui o prezado amigo Augusto dos Santos, digno progenitor do ilustre doutor Jorge dos Santos...

Que gozo! Doutor... Cantava-lhe nos ouvidos como uma música do céu.

Fora quando a mãe, a medo, entrara pela primeira vez no meio da resolução dum problema doméstico mais elevado:

— É ajuizado o Jorge, Augusto. Estava pensando bem. Eles eram pobres e a vida, cada dia, pior. Um curso era bonito, não tem que ver, nem o Jorge negava — não é mesmo? —, mas custava caro. Podia se fazer um empréstimo, alguns sacrifícios, eu, por mim, vendia o adereço que foi de mamãe com todo o gosto... Mas se ele depois de formado não conseguisse clínica? É tão comum. Você mesmo não diz que a repartição está cheia de doutores? Assim ia cavando a vida desde logo. Cedo é que se começa, diz o ditado.

O pai achatou-se:

— Pois que fosse; depois não se arrependesse...

E agora ele devia estar gozando, gozando, e consertando o rádio de galena na sala de jantar. Jorge só, sentado na cama, mastigando um sanduíche de carne que a mãe lhe viera trazer escondida, "porque eram perigosos esses abalos morais com estômago vazio", sacudiu os ombros num imenso desalento.

— Você quer um chocolate, meu filho, eu vou fazer?

Não respondeu: enroscou-se no travesseiro com desespero. Dona Carlota teve ímpetos de abraçá-lo e consolá-lo, quis ficar com ele nos braços, longamente, acalentando-o como quando era pequenino, "Dorme, dorme, meu anjinho, dorme, dorme, meu amor..." Dona Carlota, porém, era tímida, dona Carlota tinha medo. Insistiu só, fracamente, com a voz trêmula:

— Quer?

— Nããã-o.

Saiu devagar, fechando a porta com cautela. Para que mais lágrimas? Fez-se forte para tomar chá. Seu Santos tirou o fone dos ouvidos:

— Carlota!

— Que é?

— As torradas, estão moles, moles.

Sozinho, Jorge olhou, na parede, o santinho emoldurado, lembrança da sua primeira comunhão e teve vontade de chorar. Apertou os olhos: nem uma lágrima. Há tanto tempo não chorava!... Perdera o costume, que chorar também é questão de hábito, raciocinou. Zita chorava tanto, tão sentimental, uma torneira aberta. Recordação da Zita, saudade dela propriamente talvez não, mas do tempo em que brincavam juntos, marido e mulher (sá Alexandrina, que dentes brancos! se ria: estes pequenos!...) e ferravam brigas tolas por causa do nome do filho, um boneco, feio como jamais vira outro, os braços quebrados, a roupa vermelha, presente de Papai Noel numa noite de Natal.

Que saudade desconhecida lhe veio daquele tempo passado, em que, descuidado, pensava unicamente em brincar. Ralava-se também um pouco, quando chegava a hora de ir para o jardim da infância na escola pública do Boulevard, um casarão roído pelo tempo, com azulejos verdes na fachada. Ralava-se sem motivo, que não era má a vidinha da escola, b-a-bá, b-é-bé, em coro com a gurizada, o João, o LéLé, o Chininha, cearense sabido como ele só. A merenda a uma e meia, pão com goiabada todo santo dia, era um enjoo. Mas dona Alzira era boa, tão carinhosa, dava bolos, mariolas feitas em casa — estas não fazem mal, as da rua sim —, chocolates que mandava comprar na padaria do seu Tatão, que apelidaram o Bigodudo. Tinha os braços brancos e longos. Mantinha por ela uma admiração irresistível e secreta. Pronunciava, cheio de pejo, o seu nome. Repetia-o para si: Alzira. Separava-lhe as sílabas, decompunha-lhe as letras. Como seria a sua casa? Como seria a sua cama? E os seus pais, que ela tanto dizia amar? Não lhe entrava na cabeça que ela pudesse ter sido criança como ele e rido e saltado e brincado de pique. Tremia todo quando ela cobria a sua mão com a dela, quente como se estivesse com febre, para lhe ensinar como se fazia a perna de um P. Comovia-se com a sua silhueta recordando-se esgalga no quadro-negro, suspendendo-se na ponta dos pés, o giz se esboroando quando o calcava com mais força, para marcar uma conta a ser feita em casa, na quinta-feira, que era dia de descanso. Dava palpites sobre o vestido com que viria, estimando que trouxesse sempre o azul, riscadinho de branco, muito colante, muito decotado, com uma flor de pano presa na cintura, bela como as mulheres que ele vira no cinema. Quanta vez ela o punha no colo para ra-lhar: "Então como foi isso, Jorginho? Conte, vamos." Ele custava a explicar só para ficar uma porção de tempo no seu colo cheio e provocante, motivo da excessiva assidui-dade do inspetor escolar, que, apesar de casado, lançava a ele, sempre que podia, tão alvo, tão macio, olhares que não admitiam duas significações.

Numa terça-feira de junho, chuviscava, ela, agasalhada, quando acabou a aula, fez um pequeno discurso aos alunos pedindo que tivessem sempre muito juízo, fossem bons para seus pais, obedientes às professoras e estudiosos e acabou dizendo que aquela era a sua última aula, pois fora transfe-rida para outra escola. Não quisera acreditar. Mas por quê?

No outro dia ela não veio. Tentou um vão esforço para não chorar com vergonha dos colegas, mas não se aguentou e chorou como um perdido, querendo ir atrás dela. Dona Maria José rira: "Coitadinho!" Dona Hebe, a diretora, esganiçada e meticulosa, também se rira e consolava-o:

— Você vai ficar com dona Amália que ainda é melhor. E elogiava-lhe o coração de ouro.

Então, dona Amália se chegara, um pouco corada e fizera-lhe festas nos cabelos:

— Que é isto? Um menino tão bonito chorando? Será que não gosta de mim?

Não respondia, emburrado. Ela então se abaixara e dera-lhe beijos, sorrindo, e ele sentia-lhe o perfume que usava, um perfume esquisito e sufocante.

Dona Amália era boazinha também, mocinha ainda, mal completara vinte anos, magra, delicada, a voz muito fina:

— Agora está na hora de ginástica. Todos para o recreio!

O recreio era o terreiro sombrio, com árvores velhas, carunchosas, enormes figueiras de troncos limosos onde o Gilberto apanhava lagartas. Tinha medo de atravessá-lo sozinho e, quando chovia, ficava como um lago, onde nadavam os marrecos da servente.

Toda pessoa a quem ele se afeiçoava ia embora. Dona Alzira, tia Gugu, irmã do pai, invariavelmente de preto, que contava histórias de bichos; o Josué, pretinho, empregado que veio da roça, bobo só vendo, nem sabia de que lugar era — donde você é, Josué? Da roça — mas danado para imitar passarinhos; e a Zita também, pois o pai, que era oficial do exército, passando a capitão, foi removido para Boa Esperança, nos confins de Mato Grosso. Fizeram leilão dos móveis.

— Boa Esperança? Longe como o diabo! Chega tudo quebrado, estragado, eu bem sei como são estas mudanças, dissera o pai. É bater o martelo.

Venderam os cacarecos e partiram logo após. Como era criança, ela partiu alegre. Havia de voltar, dizia, Jorge que esperasse, e mostrava-lhe as malas:

— Vai tudo no trem, compreendeu? Depois é que a gente toma o navio. Lá, sabe?

— Onde?

— Não sei. Papai é que sabe.

Pulava em cima dos engradados, contente, um laço de fita descomunal nos cabelos castanhos:

— Uma lindeza, seu Mané! exclamava. Não sei quantos dias!

Ele ficara triste, jururu. Dona Elisa, a vizinha, que vivia de costurar para fora, levava-o com os filhos à matinê, quase que inteiramente de fitas cômicas.

— É bom para distrair, dona Carlota. Pobrezinho!... Como ele ficou sentido...

— Eram muitos amiguinhos.

— Não, é que ele tem bom coração. Saiu à senhora.

Dona Carlota sorria, embaraçada.

Quando voltava do cinema, brincava de fita em série com o Lucas e o Eudoro, moleque beiçudo, filho da lavadeira, que lhe ensinara os primeiros nomes sujos, motivo para uns poucos tabefes do pai e ameaças da mãe: "Um dia eu perco a cabeça e boto um ovo quente na boca deste pequeno!" Ele era o bandido, e o Lucas, estando por tudo, se contentava em ser polícia, apanhando nas lutas porque era mais fraco.

E ia esquecendo.

Depois a vida correu-lhe depressa. Terminado o curso primário, entrou para o Ginásio Franco, economicamente como externo. Fez os primeiros preparativos, um desespero os tais de preparatórios, mas passou em todos, com muita sorte e alguns pistolões, que dona Carlota, pondo de parte a timidez, se matava para arranjar empenhos.

Veio outro ano e ele passou em novos exames, e, rapazinho, começou a frequentar bilhares, rodas de cafés, bailes, farrinhas, clubes de futebol. Foi sócio fundador e denodado extrema-esquerda do Aymoré Esporte Clube, que acabou logo, pois o tesoureiro, o Canhotinho, que era ladrão como rato, meteu o pau no dinheiro.

OSCARINA

Mas quantos aborrecimentos sofria, quantos cálculos se via na necessidade de fazer para entrar nestas empresas todas, já que o pai, ríspido, queria-o em casa às dez horas — nem mais um minuto, hein! Os colegas caçoavam:

— Que milagre é este! Cinco para as dez e você ainda aqui!...

— Vai para casa, criança, que está na hora.

Ele tinha ganas de não ir, de ficar no café, na rua, onde fosse, para provar que não era nenhum maricas como o julgavam. Mas o pai... o respeito pela bengala do pai, um junco verdadeiro com castão de ouro, muito gabado, presente do sr. Corrêa, um homem rico, milionário, amigo velho da família e que ele não conhecera.

Ora, dez horas, casa. Aquilo ia-lhe roendo por dentro. Deu para estudar. Os rapazes amansaram, num respeito idiota pela aplicação. "Meio maricas o Jorge, mas estudioso, isto é verdade. Estuda pra burro! Não faz outra coisa", elogiavam. Ele ficava mais satisfeito: que animais! Ria-se, intimamente, do jeito com que os obrigara a mudar de opinião a seu respeito. E hipócrita: "Eu gosto de estudar, que é que vocês querem?!..." Estorcia-se, porém, de raiva por ser tão fingido. De vez em quando se desesperava, entrava no quarto, trancava-se por dentro, não pegava em livro — raios os levassem! —, ficava fumando, fumando, lendo romances de Zévaco, aventuras de Buffalo Bill, algum número atrasado da *Maçã*, que ele roubava da gaveta do seu Fonseca, bedel do Ginásio, o mais enguiçado, recordista do respeito entre os alunos, sempre com o pincenê preso à lapela por uma fitinha preta e máximas de absoluta moralidade na ponta da língua para uso da meninada.

Invadia-lhe uma inveja mórbida e constante dos vizinhos, o Jonjon — que apelido! —, o Cazuza, o Gabriel, que comprara uma barata amarela. Estava escrito que aquilo de estudar não era para ele não. Precisava, quanto antes, mudar de vida, senão arrebentava. Cair na gandaia como os outros, gozar enquanto era moço. Se ainda tivesse dinheiro... A mesada do pai era uma miséria, sessenta mil--réis, não chegava para nada. Reconhecia: coitado do pai, não podia dar muito, já até dava demais. Mas se enfurecia imediatamente: se não pudesse que o deixasse livre, que ele não estava para viver com sessenta mil-réis até o dia de se formar! Que não o empatasse com a tal mania de querer que ele fosse doutor! Doutor... Grande coisa! Todos eles uns jumentos!

Livre! Como seria outra a sua vida, que forra tiraria dos anos em que vivera preso! Logo de saída procuraria um bom emprego, ganharia bastante, seria da turma, do pessoal batuta e fregista do Bilhar Primavera e do Café Pernambuco. Formaria uma trinca maluca: ele, o Donga, assombro no cavaquinho, e o Bilú, uma das suas sinceras admirações, por ser o sujeito mais peludo para pequenas que ele conhecera. Acabava com as farrinhas escondidas, farrinhas de durante o dia, apertadas, cheias de temores e receios: "Se o papai souber... Se seu Franco encontrar com papai e perguntar, com a prolixidade irritante que lhe é peculiar, por que razão não fora ele à aula prática de física, tão interessante, tão recreativa, sobremodo amena, a base propriamente dita de todo o ensino moderno no conceito firmado dos mais eminentes pedagogos, a aula que o aluno aprende com os olhos, só com olhos, sem cansar..."

Se trabalhasse, faria o que lhe desse na cabeça, ficaria na rua, passaria a noite na pândega, voltaria para casa de madrugada na barata do Gabriel, comprada em terceira mão por uma bagatela, alcunhada simultaneamente de Lacraia, Draga, Banheira, e que o próprio dono achava "mais indecente que Bocage". "Trabalho durante o dia ali no pesado, à noite que gozar" — argumentaria, e ninguém podia dizer nada que o argumento, vamos e venhamos, era de peso e medida.

Foi quando principiou a dar sistematicamente em cima da mãe. Ela não se entregou logo porque não compreendia muito bem o que ele queria. Acabou compreendendo: "Tinha razão... Pensava bem..." Com o pai o caso ficou mais fino, que o homem tinha lá seus planos formados, sabe Deus há quantos anos.

— Eu quero que você se forme, meu filho, tenha um título, não pelo simples fato de ser doutor, que doutor não quer dizer ciência — ah! isto, não —, mas é que sempre um diploma vale qualquer coisa nesta terra. É um mal, não nego, é um grande mal, mas o certo é que há mais facilidades para se arranjar boas colocações, às vezes até um bom casamento!... Olha o dr. Borges! Era um pronto quando eu o conheci numa farmacinha muito à toa do Catumbi como prático. Prático nada, lavador de vidros! Defende dali, defende dacolá — pergunta à sua mãe que ela sabe —, meteu-se na escola e se formou. Andou marombando ainda uns tempos e conseguiu a tal sinecura na Saúde Pública. Entrou na linha do vento, meu caro! Não fazia nada, vivia socado em cinemas, bailes, teatros, e zaz!, arranjou a filha do Godoy. Três mil contos, meu filho, em dinheiro batido!...

Jorge não acreditava nessas histórias: o que ele teve foi muita sorte! — e continuou na sua obra de sapa. Afinal seu Santos se rendeu. Dona Carlota fora colossal para convencer o marido, que tivera então a frase: "Depois não se arrependesse..."

— Arrepender, meu pai?!... Eu?!... Pois se sou eu quem quero...

Cava daqui, cava dali, o irmão do seu padrinho, que estava no norte, interessou-se e arranjou-lhe o emprego: Souza Almeida & Cia. Simpatizara com os modos de seu Almeida, trabalhara com uma energia sincera e no fim do mês era aquilo que se vira: cento e vinte mil-réis. Adeus, farras sonhadas! Antes os sessenta mil-réis da mesada, que ao menos eram sessenta bagarotes sem despesas. Esteve aos três por dois para pedir ao pai: "Eu quero continuar os meus estudos." Que o pai abriria logo os braços, sabia muito bem, mas temeu ver-lhe cortada a liberdade que adquirira e preferiu ficar com ela, passando misérias, pedindo dinheiro à mãe, que o tirava com dificuldade das despesas da casa, comprando menos carne, atrasando um pouco a conta da padaria, inventando consertos no fogão, de maneira que seu Santos não desconfiasse.

Pensou em sair da casa e arranjar com calma outro emprego, mas pôs logo de parte este pensamento, que não traria uma solução cabal para a sua vida, tão difíceis andavam os tempos, tantas queixas ouvia da falta de trabalho. Melhor seria se aguentar até as coisas melhorarem e foi o que fez. Esfalfar-se é que não, uma ova! Para quê? Cento e vinte mil-réis é dinheiro? Estava lá para ficar tuberculoso por uma porcaria daquelas? Uma beleza o tal de trabalho dali por diante. Calma no Brasil! Nada de fazer força inutilmente, nada de canseiras sem proveito. Bastava a experiência que tivera. Agora era tratar de não ser mais tolo. Uma pacova que ele fosse aos bancos correndo, afobado como ia!... Pressa para quê, se não ia tirar o pai da forca?

Souza Almeida, possuidor de largo tino comercial, não levava, porém, para melhoria dos seus negócios, a sua sagacidade até a trama sutil dos pequenos acidentes de escritório, tanto assim que não percebeu as artimanhas de Jorge, que, verdade seja dita, soube fazê-las com finura.

"Muito bem-educado este menino", elogiava por vezes ao ver o interesse diplomático que ele mostrava por sua terrível dispepsia e por suas contrariedades comerciais. O sócio, que falava por monossílabos, confirmava: É — e afundava-se nos cálculos do balanço mensal. Seu Gonçalo era o eco do patrão. Jorge agradecia com um sorriso modesto e rosnava pesadíssimas obscenidades que ninguém percebia.

Ao fazer dois anos de casa, com o ordenado sempre crescente, recebeu novo aumento e ficou com os seus duzentos e cinquenta mil-réis. Com casa e comida, conjecturava, era negócio, casa e comida, se compreende, à custa do pai. Não tinha muito que se queixar, pois, agora, a vida corria-lhe mais ou menos como ele a concebera, vazia, vagabunda, com maxixes repinicados e chorosos em clubes mambembes e noitadas orgíacas na Mére Louise (o automóvel pago por vaquinha) muito regadas a chopes e ditos pornográficos da Claudina, mulatinha do outro mundo, que já tomara lysol por ciúme dum sargento da polícia.

Eis, porém, que a sua vida se transforma subitamente. É que a Zita, uma moça já, voltara de Mato Grosso, definitivamente, porque o pai, que se reformara, queria morar no Rio, farto da vida pastrana e monótona do interior.

Após tantos anos de separação, a primeira vez que se encontraram foi cheia de sincera emoção.

— Como mudaste, meu Deus! — mirava-lhe bem: Estás bonita! um pedaço! mesmo da pontinha! e fazia o gesto explicativo.

Ela ria francamente:

— Deixa de ser mentiroso...

Jorge bestificado, que ela estava mesmo bonita de verdade, morena, muito queimada pelo sol, os olhos grandes, o cabelo farto e negro (e tinha sido castanho), só sabia dizer chulices de porta de cabaré.

Zita não reparava em tal:

— Nunca me esqueci de você... Pode crer... sussurrou, pondo os olhos no chão.

Jorge tomou-lhe a mão pequena, fina, delicada, apertou-a com meiguice, ficaram, no meio da rua, sem reparar em ninguém, o tempo correndo, sem palavras.

Venceu o embaraço e procurou marcar um encontro:

— Onde?

Zita não pensou dois segundos:

— Sabe duma coisa?

— O quê?

— Melhor é você ir lá em casa, depois do jantar, assim pelas oito horas, ouviu? Eu espero no portão.

— Mas teu pai?

— Eu falarei com ele, respondeu corajosa. E depois nós não fomos amiguinhos em pequenos? Não tem que reparar...

Jorge ficou como doido, dando para amar que foi um descalabro. Era trabalho e namorada. Trabalho? Qual o quê! Namorada só, porque no escritório, ele, que já não fazia quase nada, menos fez ainda. Era só pensar nela, no sinalzinho que lhe marcava o pescoço, no seu jeitinho molengo, no modo engraçado que aprendera em Mato Grosso para dizer certas coisas, na sua admiração pelo Rio, tão grande, tão diferente, cheio de avenidas, de arranha-céus, de luxos, de novidades. Tirava da carteira o retratinho dela, recortado dum grupo, num piquenique, dissera-lhe, e ficava mirando-o enlevado, distante. Jantava voando, engolindo sem mastigar. Dona Carlota observava-o:

— Você parece pato. Depois quando ficar com o estômago esbodegado levanta os braços pro céu.

— Não faz mal.

Saía a toda para a casa dela, que já o estava esperando, passeando na calçada.

Teve uma ideia. Perguntou-lhe à queima-roupa:

— E se nós nos casássemos?

Ficou trêmula, muda, amassando a blusa, puxando e torcendo o colar japonês, fantasia.

— Quem cala, consente... insinuou ele.

Levantou os olhos negros, redondos, sensuais.

— Você respondeu por mim.

Deu-lhe uma imensa vontade de beijá-la, tremia, avançou, ficou colado ao seu corpo, mas estavam na rua, conteve-se, foram andando devagar, mãos dadas, felizes, até a esquina, onde havia um botequim.

Ela rompeu o silêncio para contar-lhe uma coisa que guardara:

— Sabe que titia disse?

— Que foi?

— Disse que você era muito antipático e que não me fiasse nas suas promessas.

— Ela é besta.

— Não fala assim, afagou-lhe a mão. Eu não dou importância ao que ela diz. Pensa que eu não conheço titia? Tem dessas e até piores, mas no fundo é boa alma.

Esteve para desembuchar o que pensava da tia dela, uma cretina, despeitada, invejosa. Para solteirona é assim mesmo: ninguém presta. Todo mundo tem defeitos, todo mundo é à toa, toda gente tem podres, fez isso, fez aquilo, tudo porque não arranjou um desgraçado que quisesse casar com ela. Tanto automóvel nas ruas e nenhum para lhe dar uma cacarecada que a arrebentasse logo. Zita, porém, ficaria triste, era tia, não compreendia que se pudesse ser desrespeitoso com gente do seu sangue afinal, preferiu guardar, que não faltaria ocasião para soltar a língua, tinha certeza.

As casas adormeciam, apita o guarda-noturno, brinca os raios da lua nos galhos da amendoeira. Despediram-se.

— Adeusinho!

— Adeus.

OSCARINA

Ao chegar em casa, deitado na cama, pronto para dormir, é que se lembrou da face financeira da proposta. Como poderia se casar com duzentos e cinquenta mil-réis por mês? Era o que recebia no seu emprego, sem o protocolo, entregue, então, aos cuidados dum empregadinho novo, imberbe e rosado, o Gouveia, que ele, com parte de antigo, fazia de Cristo, sem piedade.

Precisava duma saída para a entaladela em que se metera. Gostava da Zita, gostava, gostava até demais, que esposa melhor do que ela poderia encontrar? Casar com mulher rica é muito bom, mas é para os trouxas. Era bonita, bem feita de corpo, inteligente, não era assanhada como essas melindrosas que andam por aí, conhecera-a desde pequeno, sabia quem ela era. Mas como poderia casar sem o suficiente para viver? Seria loucura, teria que se movimentar para obter uma colocação melhor. Assim, sim. Mas para que lado havia de mexer? Tudo tão difícil, tão negros os horizontes do comércio... A crise, a crise! — era o fantasma de todos. Aí se lembrou de que não era reservista... Upa! Precisava tirar a caderneta quanto antes, senão poderia ser sorteado. Sorteado? Pronto, tinha uma ideia! Uma ideia brilhante e salvadora! Iria assentar praça no Exército como voluntário. Teriam assim um ano e tanto de espera forçada, quando saísse entraria para um ministério... Ruminou isso três dias, acabando por se abrir com a namorada.

Zita pesou as coisas e ficou de acordo — está bem, sim —, mas veio a ele o receio de expor ao pai a sua resolução. Era maior, pensava, mesmo que ele não gostasse pouco lhe daria e iria mesmo, resolvendo a situação a parodiar a maneira de agir, pessoal e resoluta, do Pereira, o cabeludo carregador da casa: "Achou ruim? Faz meio-dia!" Dominava-o ainda, porém, o respeito pela bengala, o célebre junco verdadeiro… Sebo! que o pai não se atreveria, ele não era mais nenhuma criança! Vá para o diabo o temor! Quem não arrisca não petisca. Arriscou e esperou um cataclismo, um vendaval, um tufão, pois quando o pai se zangava era uma tragédia, perdia a cabeça, tinha asperezas lusitanas, reminiscências nítidas do avô: "Dou-lhe uma tarraxa que o escacho! Quebro-lhe o meu junco nas costas, patife!" crescia a voz e colocava muito bem os pronomes. Veio uma brisa mole: "Faz o que você entender, rapaz." Pasmo! Ponderou, tirou conclusões… Ah! Seu Santos andava nas vésperas de ir para segundo oficial na vaga de seu Castro, o asmático, "que tinha ido, como ele dizia, sarcástico e piedoso, para o mundo dos anjinhos". Sentia-se, pois, nestas belas perspectivas, muito feliz, duma grande benevolência, com projctos de, com o aumento, comprar um terreno, a prestações, no Encantado, para mais tarde construir uma casinha, pequena, mas confortável. Bangalô é que não. Queria uma casa decente. Interrogava a mulher: "Que é que você diz disso, Carlota?"

Jorge chispou para a namorada. "Tudo às mil maravilhas, filhinha. Como nós combinamos, acabado o tempo, já sabes, cavo um emprego público, que o comércio anda uma bagunça, e nos casamos."

— Você vai ficar muito feio fardado — brincou.

— Pois eu acho que não, vais ver.

— Você é um monte de ossos e farda não tem enchimentos!...

Caíram os dois às gargalhadas.

Na vizinhança correu logo que estavam noivos. Ele gozou. Ela confirmava, ruborizando-se:

— Sim, noivos intimamente, bem entendido, entre nós... Quando acabar o tempo...

O coronel reformado é que torceu o nariz com aquelas intimidades, mas não fez nenhuma oposição porque tinha absoluta confiança na filha.

Como Jorge afirmara que fora sorteado — uma espiga sem nome!... — Souza Almeida prometeu guardar-lhe o lugar:

— Lei é lei, meu caro. Vá cumprir o seu dever. Nós o esperaremos.

— Muito obrigado! Nem sei como agradecer... titubeara, mas, mal se apanhando com os pés na rua, jogou-lhe um gesto feio: Espere sentado, meu idiota!

Jorge assentou praça no mesmo dia que se despediu do escritório. Cara de fuinha e orelhas descomunais, inveterado no jogo do bicho, cabo Rocha Moura, que andou com ele, prestimosamente, dum lado para outro a ensinar-lhe como recebia o fardamento ou como faria a inspeção de saúde no Quartel General, garantiu-lhe com gestos adequados e convincentes, "que aquilo era como se fosse um colégio interno, com amigos, horário, saídas e recreações."

No segundo dia implicou com a cabeça chata de nortista do sargento Pedrosa e os seus modos brutais: "Cala a boca, seu peste! Vá pra faxina, cachorro!" — num furor disciplinar de sargento novo. Cedo, porém, perdeu a antipatia, pois compreendeu que aquilo era só palavras, excesso de palavras, boca suja, mais nada, um coração de pomba no fundo, incapaz de matar uma mosca, perdoando todas as faltas dos soldados, mas jurando, entre injúrias, "que para a outra vez era ali na batata!"

Aborrecimento de se ver obrigado a fazer exercícios, a sueca principalmente, que o instrutor, tenente Dantas, mais moço do que ele, era um chato de primeira. Abominava os plantões forçados, a cair de sono e de cansaço, nas noites frias como gelo. Enervava-se com a pasmaceira das horas de folga, dentro da caserna, sem poder sair, sem nada para fazer, vendo a cidade, lá longe, viver do sol, rútila e colorida, a sua agitação cotidiana. Gozo de matar na cabeça a passagem do bonde, olhando do alto para o condutor xepa:

— Que é que você quer, portuga?

Não pagar. Não conhecia ainda, na vida de soldado, coisa melhor do que a carona. Sem tostão no bolso, cismava de ir à cidade passear, tomava o bonde, ficava em pé atrás, e ia mesmo.

Culote recortado, justinho e redondo, elegância muito gabada na bateria pelos entendidos, passou por "crente", entre os soldados relaxados, por causa das perneiras paraná engraxadíssimas.

Tempo de recruta, de exercícios fáceis, meia-volta--volver, ordinário-marche, formar por dois, "que é um canhão?", "quais são os deveres do soldado?", "em quantas partes se divide um fuzil Mauser?" Bom tempo.

Passou a pronto. Cabo Maciel corneteiro, há oito anos seguros tocando na bateria silêncios e alvoradas, caiu da sua altiva mudez:

— Agora, sim, você é soldado com todos os fff e rrr.

Reclamava a boia, a gororoba, todos os dias: "Temos garopeta outra vez?" Garopeta era cação ensopado, prato de resistência das sextas-feiras. Sargento Curió, encarregado do rancho, abria uma fileira de dentes alvíssimos: "Quá! Quá! Quá!" Os camaradas gozavam: "Este sujeito tem graça!" Começou a ficar desleixado, pegou xadrez por estar assobiando a "Dondoca" na formatura para a revista, abriu esbregue com o Louva-Deus, o Espinafre tomou as dores do outro, foi um sarceiro no corpo da guarda, dormiu três noites na solitária.

Conheceu Oscarina no mafuá de Botafogo, defronte à barraquinha das argolas.

— Duma morena assim é que eu precisava lá em casa…

Oscarina, rebolando, virou de lado, como quem não quer, mas dando corda:

— Sai, pato!...

Ele não dormiu — foi-lhe atrás. Oscarina olhou para dentro da barraquinha azul e pôs as mãos no peito feiticeiro:

— Ai! que lindo meu Deus! — puxou a amiga: Veja aquele pançudo, Florinda!...

O pançudo era um cupido de celuloide, que estava na primeira prateleira da barraca, enfeitada com papel de seda.

Chegou-se:

— Quanto é, hein?

— Não é para vender não — respondeu o homem jogando a cartola mais para o alto da cabeleira, é para prêmio. E explicou: Quem acertar dez bolas no buraco, naquele buraco do centro, está vendo?

— Ahn!...

— Cada bola um tostão. Não quer?

— Eu quero! — e Jorge avançou, entornando níqueis no balcão. Perdeu a conta das que jogou, mas trouxe o boneco:

— Está aqui.

Oscarina, que ficara torcendo, só pôde dizer:

— Você tem uma mira...

Comprou-lhe sortes, ela tirou um paliteiro de metal, pagou refrescos, convidou-a para o circo. Loira e velha, a mulher que se equilibrava no trapézio foi tratada por Oscarina de mocoronga. O mulato não se conteve e, virando-se para o Jorge, externou seu entusiasmo pelo japonês, mas como fossem poucos os aplausos para o seu predileto, afirmou calorosamente (e Oscarina olhava-o de lado) que a plateia era ignorante, não reconhecia os méritos, só gostava de pachouchadas, não sabia o que era um artista de fato. Os palhaços eram cinco. A pantomima que fechou o programa foi engraçada e mereceu palmas e elogios. E, quando acabou a função, Oscarina tinha tomado conta dele.

Pararam em frente ao palacete colonial, branco e sem luz. Ele se admirou:

— Bonita. É aqui que você trabalha?

— É. Quer entrar? encostava-se, balançando-se, na grade de ferro, tentadora, provocando.

— E os patrões?

— Estão em Petrópolis, veraneando. Eu estou tomando conta da casa... — deu uma risadinha: Quer me ajudar?

Ficou receoso:

— Olhe lá, hein!...

Oscarina arrastou-o pelo braço:

— S'é bobo! Deixa de medo. Vem... e virando-se para avisar: Mas pise no cimento com jeito para os vizinhos não ouvirem.

Preferia morrer a perder uma sequer daquelas noites delirantes. Sentia desvendado para ele o segredo da vida. Que de revelações, que de êxtases, peito contra peito, desejo contra desejo, a sua mocidade e a juventude dela. Com que olhos diferentes via as manhãs e as noites. Lua, grande lua, contemplava-a, na guarita ao dar serviço, como te acho diversa, sublime, poética, agora que eu conheço o amor!

Saudoso: que estará fazendo ela a esta hora? martirizava-se em interrogações, nas horas intermináveis do quartel.

Com que sofreguidão de beijos, à noite, se lançava nos seus braços mil vezes antevistos e desejados durante o dia:

— Oscarina!

— Como é aquele samba mesmo, Jorge? e chupava os dedos lambuzados de cocada preta.

— Qual é?...

— Aquele de ontem, meu filho, da mulher ingrata.

— Ah! Já sei!...

Afinava a voz, pigarreando:

— Mas os vizinhos?

— Eles que se danem! — retrucou decidida.

Maria... Maria...
Aquela ingrata
que roubou minha alegria...

Oscarina fazia dele gato e sapato, um pamonha que estava:

— Você tem de sair à paisana, benzinho.

— Se alguém me vê e der parte, eu tomo cadeia.

— Você tem de sair, batia o pé. Vê lá se eu vou ao clube com um soldado!... e fazia beicinho de desprezo.

OSCARINA

— Bom, não precisa fazer escarcéu.

Dava, com dificuldade, o laço na gravata, que estava perdendo o jeito de ser paisano e sabia, se fosse para xadrez, melhor. Caía na dança, Oscarina suava acremente nos seus braços, reclamava quando ele a apertava demasiadamente:

— Assim, não, que me amarrota o vestido de georgete! Fica como se tivesse saído da boca dum cachorro...

— Eu dou outro.

— Só se for comprado com caroços de tangerina. Você é um pronto.

— Quá! Quá! Quá!

— E falando nisso, olhe, não pense que eu me esqueci daqueles cinco mil-réis que emprestei não. Tem de me pagar, está ouvindo?

— Quá! Quá! Quá!

— Se tem! Que é que você pensa?

Ao voltarem eram carinhos sem ter fim. Pagava a pena.

Como deram passeios no Silvestre, no Saco de São Francisco e em Paquetá (onde ela nunca tinha ido e achou enjoado), deixou por três domingos seguidos de ir em casa e recebeu um bilhete aflito da mãe, indagando se estava doente e informando que a Zita tinha ido saber notícias dele, já que não aparecia.

Ficou aborrecido, espichado na cama, machucando o papel nas mãos ásperas de tanto lixar cano de carabina. Quase deserto o dormitório. O Cobra D'água remexia a mala de courinho, cuja tampa, internamente, era completamente torrada de gravuras coloridas, na maioria mulheres nuas, que ele cortava das revistas. Peru, com uma escova de dentes, limpava as perneiras com meticulosos cuidados. O sol entrava pela janela e iluminava em cheio o Altamiro, entre as duas filas de camas, jogando boxe com a própria sombra. Moscas zumbiam.

Peru forçou o silêncio:

— Você tem sentido muitos percevejos na sua cama, Jorge?

Não lhe deu resposta. Desamarrotou a carta e releu-a:

> ...o Henrique morreu anteon-
> tem de meningite. Eu não vi,
> mas dona Alice disse que sofreu
> muito, coitado. O médico falou
> que foi uma felicidade para ele
> e nós achamos também. Seu
> pai, que anda passando pior do
> nervoso, fez uma grosseria que
> me deixou envergonhada, não
> acompanhando o enterro.

Levantou-se e foi cavar uma licença com o tenente de dia, que estava no cassino, ouvindo vitrola.

A mãe, alvoroçada, beijou-o com calor; apalpava-lhe o corpo em busca duma lesão possível, que ela sabia muito arriscados os exercícios que faziam os soldados, sujeitos a quedas perigosas:

— Você se machucou, meu filho?

— Que tolice, minha mãe! É que estou estudando para o concurso de cabo, e escarrapachou-se no canapé da sala.

Dona Carlota respirou: uf! mas repreendeu-o logo:

— E não podia escrever um bilhetinho que fosse?

— Onde é que eu ia tirar tempo? Não posso nem me coçar. A senhora não sabe o que é aquilo!... Batia com a palma das mãos nas pernas: Só os demônios das granadas, mais de dez diferentes, se dividindo em não sei quantas peças e a gente ter de decorar os nomes todos... É de acabar com a paciência duma criatura!... A senhora nem calcula que paulificação é a teoria.

O pai estava seco, perguntava as coisas assim por alto, tinha compridos intervalos, raspando as unhas com o canivete ou tirando fiapos das calças. Sentiu-se acanhado, fora de seu meio, como um estranho na sua casa; não compreendia os excessos da mãe em aprontar-lhe um "cafezinho bem gostoso" — com pão de ovo, daquele que você tanto gosta, sabe? — não retribuía as festas intermináveis do Pirulito, correndo, latindo, ora saltando-lhe no colo, ora se espojando no chão, barriga para cima, as pernas abertas, se oferecendo a carícias.

Não quis ficar para jantar, alegando que dera uma fugida e podia ser observado, o que era o diabo assim em vésperas de exame, a mãe ficou triste — ora, que pena!

gemeu num tom lastimável — e foi procurar a namorada a quem repetiu a mesma história.

— Para que você quer ser cabo? interrogou-o.

Não perdeu a linha:

— É cá um plano que eu tenho. Mais tarde faço exame para sargento e peço transferência para a Escola de Contadores. Saio de lá oficial intendente, com um ordenado que é uma mina! Não é boa a ideia?

A Zita agradava-lhe a farda. O pai era militar, o avô também o fora. Apoiou-o:

— É.

O interessante é que se meteu no concurso mesmo. Seus objetivos, porém, eram outros. Oscarina andava exigente, reclamava a falta de dinheiro, "que vivia presa em casa como uma freira, não a levando a lugar nenhum, ela que gostava tanto de se divertir".

— Por que você pensa, Jorge, que não cansa aturar o dia inteiro dona Flora? São visitas a não acabar mais. E o marido é o tipo do sujeito ranzinza, impertinente, que acha tudo ruim, malfeito. De noite estava com a cabeça cheia.

— Mas se eu ganho só vinte e um mil-réis por mês, meu benzinho? explicava abraçando-a e beijando-lhe a face com ternura.

— Não quero saber de nada, procure ganhar mais!... — e repetia-o com a cara trombuda.

Pôs o relógio no prego, um relógio-pulseira, presente da mãe no seu último aniversário, quis comprar um perfume

Coty, mas o dinheiro não dava, comprou um banal, o caixeiro fez um embrulho frajola, levou-o a Oscarina.

— Onde você arranjou dinheiro para isso, camundongo?

— Vendi o relógio. Não deu nada. Tanto que o perfume não é grande coisa, mas você não repare, que foi dado de coração.

Oscarina se comoveu:

— Que loucura! Eu não pedi nada. Não faça mais dessas!

— E o que você disse ontem?

— Foi brincadeira, meu bem. Então você não viu logo?...

Ficou sem palavras, olhando-a, sem compreendê-la. Ela se chegou, enlaçou-o, os braços pendurados no seu pescoço:

— Você tem um bruto xodó por mim, não negue... Se eu morresse...

— Não fale... tapou-lhe à boca com um beijo profundíssimo.

Ela rendeu-se, caíram na cama, mordendo-se mutuamente, sob a luz fraca da lâmpada. Fazia calor. Um cheiro de mofo dominava o quarto.

— Amazonas, capital, Manaus. Pará, capital, Belém.

No dia do exame um grande calor pesava dentro da sala. O capitão cochilava na poltrona. Constipado, sargento Guimarães Gordo (havia um outro magro) fungava, lançava olhares inquietos sobre os homens da turma que prepara, não fossem eles responder besteiras e deixá-lo exposto a alguma repreensão severa dos superiores. O Saracura tremia. Galinhas cacarejavam na casa do comandante.

— Três vezes seis, dezoito. Três vezes sete, vinte e um. Três vezes oito, vinte e quatro... a voz se arrastava, como se a estivessem puxando.

O 163 foi espinafrado porque respondeu cheio de vergonha, a cara prestes a estourar de sangue, que três vezes oito eram vinte e cinco... Houve risos incontidos. O capitão espertou.

Remexia-se na poltrona, não achava cômodo, passava o lenço no pescoço, impaciente, doido para acabarem logo com aquilo, mas tenente Américo, muito compenetrado, fazia perguntas sobre perguntas.

— O verde da nossa bandeira significa a riqueza das nossas matas sem fim...

— Muito bem! aplaudiu tenente Cristóvão, um magricela, batendo com o lápis, aprovativamente, na mesa. E o amarelo?

— O nosso ouro!

Apresentaram-lhe o fuzil:

— Que peça é esta? e apontavam.

— Alça de mira.

— E aquilo ali?

— Ranhura.

A aprovação foi lida de tarde, no boletim do dia. Seria cabo. Seria, vírgula, já se considerava cabo, tanto assim que, antes de promovido, passeou arrogante, com as duas divisas pretas num braço e a Oscarina no outro, pela praia de Botafogo, fervendo de gente, no domingo de regatas.

A promoção não demorou a vir, entre parabéns de uns e profecias de outros: isto vai ficar um tesa que ninguém aguenta. Viva! Uma bebedeira notável com Oscarina, que entrou firme na Hanseática, e alugaram um quartinho no barracão de seu Pinto, bem no alto da Vila Rica, porque os patrões dela já tinham descido da serra e estavam ficando perigosos os encontros no seu quarto, ao fundo do jardim, em cima da garagem.

— Isto aqui é bonito, não? fazia ele, se espreguiçando, a túnica desabotoada, as pernas abertas, sentado no caixote de querosene.

Ela também achava.

As avenidas eram colares luminosos na orla do mar. A aragem fazia tremer, brandamente, as folhas da goiabeira, altas, puras no céu, estrelas lucilavam.

Gargalhou a coruja na socada de bananeiras. Oscarina se arrepiou, persignando-se:

— Esconjuro!

Jorge sentiu o coração pequeno. Um frio de morte gelou-lhe o sangue nas veias. A lua era branca.

***

OSCARINA

Treinou com afinco e foi para o primeiro quadro de futebol. Era ágil, veloz, tinha viradas perigosas e oportunas quando havia encrenca fechada na porta do gol. A torcida arranjou-lhe logo parecenças ilustres:

— Viradas dessas, entradas assim, cutucadas malucas no golquíper? Só o Gilabert, o Gilabert do Andaraí.

O Alisio, despeitado porque foi barrado, dizia que aquilo era pelo, que o Jorge era um fundo, que mais dia menos dia, haviam de ver, iria enterrar o time.

Sentiu-se ofendido, teve vontade de dar uns bifes na cara do indecente, não deu, porque Oscarina acalmou-o, aconselhando-o:

— Joga o desprezo nele, meu bem, a chuta com fé.

Daí para sempre virou Gilabert. Até o comandante fez a mudança:

— Cabo Gilabert, leve esta ordem no corpo da guarda. Depois — olhe! —, depois passe pelo cassino e traga o mapa que eu esqueci lá. Deve estar no sofá.

Aliás ele achava que Gilabert soava melhor. Gilabert... murmurava repuxando a pele, no espelhinho de pendurar, fazendo a barba. Sentia-se outro, mais forte, mais homem. Deixou crescer as costeletas. Foi à macumba da Gávea, levado pelo Cumbá, que tinha o corpo ferrado, mandou tatuar o peito com tinta verde e amarela: a pomba voando levava um coração no bico, e dentro do coração a flecha furava o nome adorado — Oscarina.

***

Um dia, dia de pagamento do soldo, bebeu demais e como era fraco de cabeça pôs-se a fazer disparates. Esmurrou a porta do barracão, entrou aos berros, fumando charuto Palhaço, enguiçou com a comida:

— Não como esta porcaria!

— Se quer melhor vai fazer!

— Que é que você disse?!

— Isto mesmo! Se quer...

Não completou a frase. Jorge suspendeu o braço e deixou-o cair de rijo na boca da amante. Ela quis reagir:

— Você está louco, desgraçado!

Procurou qualquer objeto à mão para se defender, viu a vassoura atrás da porta e correu para apanhá-la, mas ele perseguiu-a, alcançou-a e bateu-lhe sem dó, cegamente, atirou-a ao chão, pisou-a.

— Toma o desgraçado! Toma! Miserável!

Ameaçou-a ainda:

— Apanha a vassoura, apanha, para você ver o que acontece!...

Ela, porém, chorava, estirada no chão, descabelada, arfante, escondendo o rosto entre as mãos.

Depois da surra ficou pelo beiço:

— Gila...

Atirou-se a ele, devorou-lhe a cara com beijos ferozes.

— Deixa eu catar um piolhinho? implorou, transbordante de candura. Deixa, hein?

Ele, estirado na enxerga, já ressonava, babando-se. Oscarina, então, sentando-se na cabeceira, começou a suspirar e contemplava-o. Como estava ficando queimado do sol. Era de tantos exercícios. Coitado do meu bichinho. Coçava-o.

Deixou definitivamente de ver a Zita. Ora a Zita! Uma bobagem, que a gente quando é criança faz muita besteira assim. Comparava-a com Oscarina, dum lado para o outro do cômodo, muito dengosa, os brincos de argolas caindo-lhe até os ombros, ajeitando a todo instante a gaforinha alta, sedosa, *à la garçonne*, arrumando as coisas, dando por falta de camisas dele, "aquela amarelinha com uns risquinhos". — Quer ver que a Zeferina perdeu?!... e punha o dedo na boca.

Havia um pouco de parcialidade, mas o certo é que a Zita saía perdendo.

Oscarina estacou:

— Estava para dizer uma coisa... e fitou-o com uma cara muito sonsa, mas tenho medo do seu gênio.

— Que é? interrogou-a, levantando, brusco, da cadeira.

— Está vendo? Por isso é que eu não queria dizer nada! Você fica logo exaltado, como se isso adiantasse alguma coisa... Virgem Santíssima!...

— Que é? — repetiu.

— Você promete que não fará nada?

Ficou indeciso, "não sei..."

— Promete?

Não pôde com o olhar dela, um olhar mole, penetrante, como jamais vira igual, os olhos castanhos perfurando-lhe o coração como uma verruma.

— Prometo.

— Jura? Olha que se não...

Que mundo de infortúnios havia naquele "senão..." Que desgraças passaram-lhe pela mente, ele abandonado, ela fugindo... Cerrou os olhos.

— Juro!

— Pois o 123 — você já viu só?! — aquele sujo, sempre que você sai, vem aqui, com parte de conversar, me conta uma porção de coisas, diz que você é assim e assado, que eu abra os olhos, não seja boba, fica até meio ousado, dando para mim uns olhares assim um tanto aliás...

Soltou um suspiro fundíssimo de alívio, como se tivessem tirado de cima dele um peso que o esmagasse: só isso?!...

Mas roncou:

— Deixe ele comigo...

E não foi promessa vã. O 123 apanhou dez dias de xadrez, ali no duro, porque cabo Gilabert, que em matéria de autoridade e disciplina, agora, não estava sopa não, deu, por causa da limpeza no rancho, uma parte dele que metia medo.

***

OSCARINA

Coronel Gonçalves, pai da Zita, amargurava-se em conversas íntimas:

— Mulher é mesmo o diabo... Pois não é que a Zitinha, afinal de contas, não é para gabar, uma menina de boa família, que eu eduquei com todo o carinho e sacrifício, prendada, instruída, que pode arranjar facilmente os melhores partidos, virou a cabeça, teimando em querer casar com o Jorge, um malandro, que assentou praça por preguiça de trabalhar?

— Eu sempre disse que aquele sujeitinho não prestava, acidulou tia Alzira. Eu nunca me engano!... e enérgica: Mas você também é um banana, meu irmão. Proíba-lhe de continuar com esta tolice. Então você não tem autoridade? Acabe logo com esta criancice dela e vá se preocupar com negócios mais importantes. Ah, se fosse comigo!...

O coronel reformado adorava a filha. Morreria se lhe causasse um desgosto. Quando ficara viúvo, ela contava apenas nove anos. Pensou em contratar uma governanta. Resoluta, não consentiu e tomara as rédeas do governo da casa. Era econômica, ativa, desembaraçada. Ciumenta, não quis que ele novamente se casasse. "Você é só meu", dizia e fazia violenta oposição, e não raras descortesias, às amigas da casa, que poderiam merecer o papel de nova consorte, que ele era bom, o capitão, e não lhe faltavam pretendentes. Sabia-a amorosa como ninguém, capaz dos maiores sacrifícios pelos entes que amava. Aquilo, pois, não era coisa que facilmente se extinguisse. Entregava tudo ao tempo. Procurava distraí-la, levando-a aos cinemas, às festas, aos teatros. Na matinê da Tosca, já estava na porta, de chapéu na cabeça, pronto, esperando, quando ela caíra-lhe nos braços, soluçando:

— Papai, não quero ir. Não me obrigue, meu paizinho!... Sinto-me tão triste... Não...

Perdia noites de sono, fumando longos cigarros goianos na salinha de entrada que lhe servia de escritório, com a secretaria e as estantes de acaju, planejava chamá-la e falar-lhe seriamente, vinha-lhe um pudor de parecer a ela injusto, pensava na sua viuvez. Ah, se Rosinha estivesse viva!...

Dona Carlota, crédula, mentia para as vizinhas:

— Está fazendo carreira. Quando completar o tempo preciso entra para a Escola de Contadores. Sai, então, oficial. É uma carreira muito bonita, não acha, dona Zulmira?

A matrona não negava, mas achava muito perigosa com esta história de guerras e revoluções. Tinha uma parenta longe que perdera o filho no Sul, tenente, muito distinto, num tiroteio.

Dona Carlota procurou sorrir, vinha o leiteiro, com a bolsa a tiracolo, recolhendo as garrafas vazias, mudou de assunto, falando da falta de leite.

OSCARINA

Seu Santos, na repartição, na nova escrivaninha, a que pertencera ao seu Castro, enquanto limpava os óculos não trabalhava e ficava muito sério, pensando no fim que teria aquilo. Filho único... Como ele o queria a seu modo!... Como ele o amava!... Jorge... A repartição perdia para ele a realidade. Reconstruía a sua vida remota, anos atrás, na avenida esburacada do Pedregulho, quando trabalhava muito para ganhar uma insignificância na casa do seu Freitas, um sovina que afinal perdera tudo e morrera miseravelmente, contavam, num hospital de alienados.

Que cachos tão louros tinha ele!... Esperava-o todas as tardes no portão, quando vinha esfalfado do trabalho, e rindo, batendo palmas, fazia-lhe queixas, mostrava-lhe a sua roupa nova, um pimpão de chitinha.

Tinha, então, um único terno. Aos domingos não saía para poupá-lo, mas nunca faltaram em casa a água de colônia francesa e o sabonete Reuter para os banhos diários do menino.

Quando Jorginho teve tifo, era pequenininho, ficou como louco, passou quinze noites a fio, acordado, velando-o, noites atrozes, em que as horas pareciam que não queriam passar. Fora dr. Pontes, já muito velho, que o salvara. Importunava-o, quase desvairado:

— Que é que acha, doutor?

— Vai melhor, vai melhor. (Dr. Pontes tinha a voz arrastada e tremia). O sr. é que precisa ter calma, repousar.

Nas manhãs feriadas, quando ficou bom, ia devagar com ele, todo em rendas, muito rosado, muito tagarela, apanhar sol na Quinta, que o médico aconselhara. Armavam-se piqueniques à sombra escura dos bambuais. Rapazes, em mangas de camisa, remavam no lago, e o lago era claro, como um espelho que refletisse o céu, mas, se passava uma nuvem as águas tornavam-se escuras e ele ria porque Jorge não compreendia esse milagre.

Enchia-se de orgulho se os olhos dos passantes, e eram muitos, se voltavam para a beleza de seu filhinho. Jamais esquecera o acidente; a moça não falara alto, mas ele ouviu perfeitamente:

— Que criança linda! Veja, travou a companheira, que não reparara e continuara a andar, e apontou: Será aquele o pai?

Ele também duvidava.

Comprara-lhe, num aniversário, uma roupinha à marinheira, vermelha, a gola e os punhos brancos. Presenteara-o também com uma bengalinha. E ele ganhava pouco. Quantos pequenos sacrifícios! Mas que íntimas satisfações!

No entanto, os cavalinhos duravam horas, as piorras com música mal chegavam a funcionar, a bengalinha por um triz que não se quebrou no primeiro dia. Carlota condenava-o: "Dinheiro posto fora. Por que você não compra logo uma coisa boa, que tenha serventia?" Ele se sentia feliz. Como o tempo corre. Isso tudo parece que foi ontem! Como a gente muda! Onde os castelos arquitetados? Onde os sonhos tecidos? Carlota decaía a olhos vistos. Tudo desfeito, tudo ruído, tudo acabado!... Filho único...

O encarquilhado Peixoto, um tuberculoso crônico, soltava pigarros no fundo do salão. Dona Esther, datilógrafa, pendurava-se no telefone; o servente lia um jornal. Martins escrevia. Três horas. Através da janela a ilha Fiscal levantava-se das águas, como uma aparição mágica, sob o dia perfeito. E a vela deslizava no azul. Barcas apitavam. Vozes subiam do pátio.

Coitada da Zita que chora noite e dia, magra, abatida, as pálpebras inchadas, um ar de dor infinita. As amigas tentam consolá-la.

— Um ingrato. Ora, você!... Esqueça...

— É muito bom de dizer...

As amigas calavam a boca, menos a Maria do Carmo, muito tolinha, que atirava piadas insossas e inoportunas: apaixonite cura-se com outra paixão. O pai é que não dava um pio — esperava. Titia era feroz:

— Vagabundo!

Zita não dizia nada. Recolhia-se ao quarto. Ele vem. Jorge é muito bonzinho!... Gosta dela. É por causa do serviço apertado. Sua fotografia continua na mesinha de cabeceira, ao pé da lâmpada de porcelana, num minúsculo porta-retratos. Mas, quando vinha uma crise mais forte, atirava-se na cama, mordia o travesseiro e, inundada em lágrimas, pensava em ser freira, martirizava-se de jejuns.

Oscarina gastou seda estampada no baile das Mimosas Pastorinhas.

— É a última moda, Gila. Que tal? e pavoneava-se defronte ao espelho.

Um cheiro pesado de transpirações impregnava o salão, enfeitado de serpentinas, caindo do teto, como uma chuva de pontas multicores. Cada um dançava duma maneira, isto é, cada um sacudia-se a seu modo, procurando acompanhar o compasso do pandeiro, o Pandeiro Infernal, faladíssimo, um mulato de bigodinho.

O de pernas tortas levantou-se:

— Vou ver se topo uma negra pra esta virada.

E enganchou-se na crioula gorda, que mais gorda ainda se fazia com o vestido de organdi, quase arrastando.

O português estava de branco na varanda, despertando invejas no sereno, se abanando, solando a mulata:

— Que calor.

A mulata era rebelde:

— Pra que veio cá?

Gilabert, que estava com o pé ainda dolorido da torsão sofrida no último treino com o Confiança, muitíssimo rigoroso, plantou-se no bufê, mas Oscarina divertiu-se

OSCARINA

a grande e, longe dos olhos fiscalizadores dele, tirou uns fiapos com seu Rogério, o pianista, tipo do invocante com aqueles óculos de tartaruga, a gravata larga, o cabelo crescido, jogado para trás, à poeta.

Cabo Gilabert progride. Desarranchou-se, recebendo mais por isto. Como Oscarina foi aumentada por dona Flora, a patroa, que não se ajeita com outra arrumadeira, "umas lambuzonas incapazes de servirem um chá a uma visita de cerimônia", estão folgados. Canta, todo caído, de noite, no silêncio do barracão: "Oscarina, eu vou morrer..." acabando nuns gemidos canalhas, "uê, uê... minha nega".

— Estou caindo aos pedaços, meu anjo... Esfrega a mão nos olhos: Que sono!... E abrindo à boca saliente: Vamos dormir?

— Vamos lá pra fora. A noite está linda...

— Isto é valsa. Não vou no golpe.

Ele ri. Oscarina está quase nua. Das rendas da camisinha a carne pula, redonda e quente. Cai-lhe de beijos, ela se arrepia — ai!...

Agora os seus pileques são no quarto mesmo, junto com a cabrocha que emagreceu e se saiu uma esponja de primeira grandeza. Oscarina quando bebe fica exaltada, ele canta sambas, num berreiro:

> A malandragem
> eu não posso deixáááá...

Não deixa mesmo, que a vida de soldado para ele é vida de malandro. Ora se...

Seu Pinto, certa noite, mandou reclamar o barulho. Gilabert ficou enfezado:

— Espera um pouco que eu te estrago o capítulo, mondrongo sem-vergonha!

Foi lá e deu-lhe uns encontros:

— Que é que você faz?

Oscarina pôs a boca no mundo. Chovia, mas, no escuro do céu, algumas estrelas brilhavam.

O incidente logo pela manhã transpirou no quartel. Talvez o 123, que morava mais acima no morro, no barracão de seu Rodrigues, talvez o próprio seu Pinto... Não se soube. Certo é que fizeram rápida devassa e o comandante mandou a escolta buscar Gilabert, que estava com uma licença de quatro dias.

Cabo Jeremias, que afinava o cavaquinho quando viu sair os homens equipados, expectorou a frase da moda no quartel para a previsão de enrascadas:

— Batata vai assar!...

Ao que ajuntaram do fundo:

OSCARINA

— Se vai!...

E se preparam para o coro do chorinho.

Zita perdeu o noivo. Soldado não casa porque é proibido e Jorge, definitivamente Gilabert para todos os efeitos e amásio de Oscarina, que completara o tempo, engajou por mais dois anos.

— A vida é boa, não é, Oscarina? consultara.

— Eu acho.

— Eu também. Nada de meias-voltas na vida. Ia era cavar para o concurso de sargentos.

Gatos miavam, luxuriosos, e alguém os espantou jogando-lhes água fria.

— Sargento Gilabert! e empertigava-se defronte. Oscarina, espichada na enxerga: Que tal?

— Ganha mais, hein?

— Se ganha! Dinheiro pra burro!

Oscarina teve uma pausa pensativa:

— Então há de comprar um vestido para mim todinho de veludo, não é, Gilabert?

— Dois até!

— Não diga...

Ensaiou uns passos requebrados de samba, firmou-se e saiu-se com esta:

— Mulher, você me consome!

Oscarina enxotou no ar, como importuna, qualquer coisa que não existia:

— Sai!...

Agora eram cães que latiam, no alto do morro, para os lados da caixa-d'água.

NA RUA DONA EMERENCIANA

COMO ERA DIA DE PAGAMENTO no Tesouro chegou em casa mais cedo que de costume, não eram ainda duas horas batidas no carcomido relógio de parede, cujas pancadas lentas soavam como um ranger de ferros velhos. O pintassilgo debicava a cuiazinha de alpiste. Descansou os embrulhos em cima da mesa nua, ocasionando um voo precipitado de moscas, dobrou o jornal com cuidado, obedecendo às suas dobras naturais e escovava o chapéu, preto e surrado, quando dona Véva, pressentindo-o, perguntou da cozinha:

— Você recebeu, Jerome?

— Recebi, filha, respondeu pendurando o feltro no cabide de bambu japonês, que atulhava o canto da sala, por baixo duma tricromia, toscamente emoldurada, representando o interior dum submarino inglês em atividade na Grande Guerra.

— E trouxe tudo?

— Menos o pé de anjo da Juju porque me esqueci do número.

— Trinta e sete e de florinhas, vê lá se vai esquecer outra vez, seu cabeça de galo!... Olha que ela já faltou ontem e hoje à escola por não ter sapatos. A professora até mandou saber por uma colega se ela estava doente.

Não havia meio do garfo tomar brilho. A galinha cacarejou no terreirinho cimentado. Dona Véva se esforçava passando pó de tijolo e o diabinho da Fífina a bulir nos talheres.

— Tira a mão daí, menina, que você se corta!

Seu Jerome tossia, admirava o pintassilgo:

— Que é isso, seu marreco, então passarinho de papo cheio não canta?

Dona Véva virou-se:

— E a Venosina, achou?

— No Gesteira não tinha, comprei no Pacheco mesmo: treze e quinhentos!

Dona Véva emudeceu com o preço: treze e quinhentos!! Abriu a torneira toda para lavar a panela. Seu Jerome, pigarreando no fundo da alcova, trocava os sapatos pelos chinelos de corda com âncoras bordadas.

— Pode botar o café.

A Fífina saiu que nem foguete para ir buscar pão na padaria.

— É preciso pagar a seu Salomão sem falta, continuou dona Véva. Ele já veio ontem que era o dia marcado, eu pedi desculpas, que você não tinha recebido ainda, o pagamento andava atrasado — por causa dos feriados, expliquei — e marquei para passar hoje. Tinha me esquecido de avisar. Fiz mal?

— Não, Véva. Quanto é?

— Assim de cabeça não sei, meu filho, só fazendo as contas. Espere um pouquinho que eu já vou ver.

Enxugou as mãos ásperas no pano de pratos muito encardido, guardou a louça no bufê enfeitado com papel de seda verde e recortado, ele acavalou o pincenê azinhabrado no nariz flácido, e sentaram à mesa com o caderno das despesas, exatamente quando a Fífina voltava com o pão, suada e esbaforida.

Seu Azevedo, vizinho, um bom homem, de tardinha, palito nos dentes e paletó de pijama listrado, vinha com a Lúcia e a Ninita, as pequenas, gozar a fresca — digam lá o que disserem, não há como os subúrbios para uma boa fresca! —, comentar a Esquerda com seu Jerome, dar dois dedos de prosa com a comadre, perguntar pela entrevadinha, sempre da mesma maneira: e como vai a titia? — porque era ela uma tia velhinha e paralítica, que seu Jerome abrigava e prodigalizava mudos cuidados. Mas, se ele era bom, era irredutível a respeito dos políticos, "todos eles uns grandessíssimos piratas".

— Uma calamidade, meu compadre, é o que eu lhe digo, uma calamidade. Tudo perdido. Sim. Perdido! Não tem que estranhar a expressão. Que é feita da dignidade? E da honestidade? Leia os jornais, veja, e me responda! Não há mais brio, não há mais nada! Uma caterva de ladrões! Só ladrões! E os políticos? Ah! Ah! Ah! Num país assim só Lampião como presidente, Jerome. Lampião, ouviu? Só Lampião!

Parou vermelho e ofegante. Vinha do morro, salpicado de casebres e de roupas a secar, uma brisa ligeira que trazia a cega-rega duma última cigarra escondida no colorido vivo duma acácia imperial. Seu Jerome ria: Éh! Éh! Êh! — risada pálida quase forçada, curta, êh! êh! éh! afinal a sua risada. A cigarra parou. Diminuiu a brisa. Dois pombos domésticos pousaram no telhado. As meninas estavam prestando atenção ao rapaz que passava, de lá para cá, no portão da avenida, fumando e lançando olhares furtivos.

— Para mim é o louro, com cara de alemão, que nos seguiu domingo até aqui quando saímos da matinê, falou baixo a Ninita, disfarçando.

NA RUA DONA EMERENCIANA

— Será? fez a outra, duvidando. Qual o quê. O outro
tinha a cara chupada e não andava assim.

— É porque você não prestou atenção.

— Se papai desconfia...

— Boba.

O pai declamava a pouca-vergonha na Recebedoria.
"Pois não sabia?" Seu Jerome conhecia por alto a encrenca
do Martins, o que fazia versos, desviando cerca de vinte
contos. Não sabe da missa a metade, meu caro! Eu sei, eu
sei. Relatou, tim-tim por tim-tim, o caso do desfalque, os
nomes dos comprometidos, as intrigas, as costas quentes
dos protegidos, o cinismo dos capachos negando tudo.

Dona Véva chegou à janela, cabelo cortado, grisalho e
maltratado, a falta de dentes abrindo-lhe no queixo curto
uma ruga funda, impressionada, um tanto, com a demora
da Judith, que tinha ido à cidade levar uma encomenda
de bordados. Só se madame Franco não estava em casa e
ela ficou esperando...

Mãos nos bolsos da calça, abrindo no meio da calçadi-
nha as pernas esguias e ossudas, seu Azevedo dirigiu-se
a ela:

— E nós é que sofremos. Nós!...

Dona Véva se espantou: Nós? Ora essa! Por quê? ia
perguntar. Mas seu Azevedo fechando a cara prosseguiu:

— É triste, muito triste... e entrou a falar com abun-
dância, com ódio, com rancor, do estado de coisas que os

punha pequenos e pisados — pisados, sim senhora, é a expressão: pisados! — pelos grandes, sem esperança, sem oportunidades, sem direito a um destino, meros fantoches nas mãos hilares dos ousados e favorecidos.

— Boa tarde, vizinhos!... Dona Pequetita, casadinha de novo, cumprimentou, muito mesureira, apontando no alpendre, com sua caixa de costuras para, esperando o marido, aproveitar ainda mais um pouco a luz do sol que se ia.

Responderam, e seu Azevedo resumiu com indiferença, talvez com bondade, acariciando o bigode:

— Este mundo é uma bola, dona Véva. Este mundo é um circo...

Dona Véva, esfolando os cotovelos na janela, não ouviu bem (a voz do seu Azevedo era rouca) e ficou, com vergonha de perguntar, sem saber se o mundo era uma bola ou se era um círculo. Então mudou de assunto perguntando se dona Maria andava melhor do reumatismo com a receita do espírita. Seu Azevedo tinha aquele defeito: gostava de falar em doenças. Pegou no reumatismo da mulher — até agora nada de melhoras, comadre, enfim... — e não parou mais.

— Sabe duma coisa? arregalou os olhos de tal jeito que a comadre foi obrigada a dizer alto que não. — O Miranda, aquele magro, que vinha sempre comigo no bonde, não se lembra?

— Magro?

— Sim, um que não largava o sobretudo, pai da Tudinha, uma menina muito acanhada, que vinha às vezes brincar com a Ninita.

— Ah!

— Pois é. Não dura muito, o pobre, é o que lhe digo. Tome nota! Também... — balançava a cabeça tristíssimo. E o Souza, conhece? Coitado!... Já não anda mais. Nem respira; dá uns arrancos, um, um, um — e imitava —, que corta o coração da gente. A arteriosclerose está adiantadíssima. Foi o médico mesmo que me disse, muito em particular, está visto, me fiz de surpreso — Oh! —, mas bem que eu estava vendo. Passa maus pedaços a filha, e ele só tem essa filha, que a mulher morreu na espanhola, ótima criatura, e que doceira de mão-cheia! Sozinha, imagine, e para tudo. É uma abnegada! Nem calcula o carinho com que ela trata o pai. Sensibiliza.

Limpinhos, penteadinhos, os dois meninos da penúltima casa, uma gente do Paraná, saíram para brincar na porta.

— Cuidado, hein? E nada de correrias, aconselhou a mãe, pondo severidade na voz melosa.

Seu Azevedo deu um passo para o lado, desfranziu os beiços:

— Mas para mim é um caso perdido, infelizmente. Uma bela alma, o Souza!... E olhe que é muito mais moço do que eu. Em 85... Em 85, não, minto. Espere... batia com o indicador na boca fechada como em sinal de silêncio. Em 86, quando eu estava morando com o Fagundes, o José Carlos Fagundes, você se lembra dele, ó Jerome?

O risinho esboçado pelo Jerome era maldoso: Se me lembro! Patife...

Dona Véva ouvia. Padecia. Uma falta de ar, uma opressão no peito, como um peso que cada vez fosse pesando mais, uma falta de vontade, o corpo dolorido ao se levantar e as veias inchando dia a dia.

Venosina era um sacrifício, um vidrinho com trinta pílulas, ela já contara, treze e quinhentos para quem quiser e que se há de fazer se era preciso? Tomava-a só na hora do jantar para durar mais tempo. Era um recurso além das promessas fervorosas à N. S. do Perpétuo Socorro, pois tinha cinco crianças para criar. De vez em quando ficava pensando numa sorte grande providencial, comprava bilhetes na mão do seu Pasqual, que já vendera muitos, saíam brancos, se enchia de fundas melancolias. Por que não tirava? Perguntava a si própria, suspirando, batendo roupa no tanque, que o Alfredo com essa história de futebol sujava calças que era um horror. Que terei eu feito a Deus para que ele não me ajude? pensava. Ah, se tivesse tirado!... Um final tão bonito, jacaré, que é o pai dos pobres... Não diria a ninguém, só ao Jerome, poria tudo na Caixa Econômica rendendo, nem um tostão para ela; mas gozaria como se tivesse gasto tudo: estaria garantido o futuro dos filhos. Já não lhe sentiriam tanto a falta se morresse, pois assim o Jerome teria com que educá-los, pondo-os internos num bom colégio. Mas nada. Fazia planos menores quando vinha o namorado da Juditinha, muito simples, muito bonzinho e impagável, conversar, contar casos do escritório que matavam a namorada de tanto riso. Rogava a Deus, envolvendo-os num mesmo olhar, que ajudasse a ele no seu emprego, para poder ganhar mais e se casar logo. Não fazia mal que fossem tão crianças; ele era muito amoroso e muito esforçado, ela tinha bastante juízo, sem luxos, muito caseira.

E Juditinha tardando.

Sentia-se cheia de sustos. Teria acontecido alguma coisa? Esticava o pescoço na esperança de vê-la dobrar o portão. Fora com o vestido vermelho de bolinhas. É agora. Nada. Só se madame Franco...

Seu Azevedo falava ainda, virado para seu Jerome, dos sofrimentos do Melo, o bexigoso, proprietário da zona, que consultara todas as sumidades sem que nenhuma lhe tivesse dado volta.

A trepadeira boa-noite que se pendurava no muro, meio derrubado, abria a medo as brancas flores singelas. Já passara o "profeta", esquelético e diligente, acendendo os lampiões a gás, luz amortecida, amarela e silvante, onde mariposas pardas vinham morrer. Ali e acolá, no capinzal, que durante o dia era batido pelos mata-mosquitos à procura de focos, brilhavam, por um instante, luzes azuis de vaga-lumes, e a Maria Heloisa, a filha do dentista Guimarães, no piano, começava a tocar a valsa do Pagão para o noivo ouvir. Surgiu a lua.

Vozes abafadas se misturavam, o cachorro late, raivoso, encarcerado no chuveiro, cintila no céu alto uma única estrela e faz frio; vai pouco além de cinco horas e escurece, quase noite tão cedo, que o inverno é chegado. Resmungando, o cocheiro, encartolado, a sobrecasaca coberta de nódoas, fustigou os animais e o enterro partiu, entre o sussurro dos curiosos que se apinhavam no portão da vila, dois automóveis atrás acompanhando.

Dona Véva não teve lágrimas para chorar. "Parece incrível, meu Deus!" e atirou-se à toa na cadeira austríaca, que rangeu, ficou como anestesiada na sala estreita, de janelas cerradas, cheirando a flores e a cera, pensando no seu Jerome, que se fora para sempre, tão bom, tão seu amigo, nos seus últimos cuidados, a voz quase imperceptível, se extinguindo: Véva, cuida do montepio! — o montepio que deixara, cento e vinte e cinco mil-réis, que o senhorio levaria todo, e ainda faltaria.

Quem poderia ajudá-la agora? A Aninhas, sua irmã, casada com dr. Graça, que estava tão bem? A Porcina,

NA RUA DONA EMERENCIANA

que ficara viúva e sem filhos com a padaria que lhe rendia um dinheirão? Nem ao enterro tinham vindo. Nem umas simples flores mandaram para o cunhado que tanto lhes servira. Ah, meu Jerome!... Lá estava ele, a sorrir em cima do porta-bibelôs, entre um anjinho de asa quebrada e um prato com cartões-postais se desbotando. Lá estava ele a sorrir, no retrato, junto dela — que felizes! — no dia do casamento. Ele em pé, de preto, o bigode retorcido, a mão sobre o ombro dela, sentada, um grande buquê contra o peito, a saia branca, comprida, a lhe cobrir pudicamente os pés.

Seu Azevedo que dera, infatigável, as providências para o enterro — o homenzinho da Santa Casa tinha sido um grosseirão — e que mandara uma coroa de biscuit em nome das meninas e da mulher de cama, coitada, com o choque, veio consolá-la, a voz mais rouca, comovido:

— Que a vida, a senhora sabe, dona Véva, era aquilo mesmo. A questão era não fraquejar, ter coragem, ser forte. E sempre não o fora? Ah, dona Véva, é doloroso, é muitíssimo doloroso, dona Véva, é terrível, eu sinto, pode crer — e batia no peito cavernoso palmadas surdas —, mas é preciso ter coragem! A vida não se acaba pela morte dum soldado. A vida, não, a guerra. Guerra, luta, vida... Seu Azevedo se atrapalhou.

A paralítica, na sua cadeira de rodas, plantada no meio da cozinha (estava se vendo da sala), sacudida pelos soluços como um molambo esquecido, pensava com heroísmo na tristeza do asilo, tendo um bolo de crianças, choramingando talvez sem saber por quê, pendurado nas suas saias, saias pretas, castas, que escondiam umas pobres pernas sem vida.

A mosca impertinente traçou dois volteios no ar e seu Azevedo continuou:

— Ele se foi, é o nosso destino, comadre, uma vontade suprema a que nada podemos opor e, como era bom, com Deus está. Mas não a deixou sozinha, pense bem. E os filhinhos? E...

Dona Véva espantou os olhos gastos para seu Azevedo, que emudeceu, e, quando pensou nos seus cinco filhos, aí é que ela viu mesmo que estava sozinha, e de mãos para o céu começou a gritar.

EM MAIO

— Boa tarde!

— Boa tarde, meu caro, divirta-se.

— Ora!...

Disse-me um adeus, superior, com a ponta dos dedos, abriu a descarga, e o automóvel partiu numa velocidade ostensiva, um ranger de freios ali, uma curva fechada na esquina mais adiante, que arrancou gritos das mocinhas. São os meus passos que me conduzem neste dia límpido de maio, depois da conversa rápida com o Carlos, o gordo, o rico, o invejado, sobre os acontecimentos triviais que as folhas noticiaram pela manhã. Já passei o bazar onde as montras estão fechadas e a casa de balas onde a francesinha, que não é loira como quisera, prazenteiramente, o meu amigo, vende também sorrisos; já atravessei a rua de maus paralelepípedos por onde passam os bondes barulhentos. Vou cruzar a avenida, mais larga, mais arejada, mais batida de luz. Vivo, incandescente, um imenso sol inunda a praça de ardores africanos. É domingo. O homem que espera o bonde para a cidade já foi o meu padeiro. Chama-se Almeida, é magro e veio da terra. Uma vez, voltando do Fluminense, cansado de gritar pelo Vasco, foi abordado por um homem melancólico do Exército da Salvação, que lhe falou copiosamente, numa esquina propícia, de coisas que desconhecia. Como vinha confuso do campo, a exaltação ainda não extinta dentro do peito, nada compreendeu, de quase nada se lembrava. Como era a sua cara? Esquecera. E o timbre da sua voz? Também. Só não lhe fugiram mais do pensamento aquelas palavras, que afinal, por bem dizer, não sabia ao certo se eram de Jesus: "Ganharás a vida com teu suor." Se ele ganhava!… Agora vai risonho, leva contente o coração simples, gira a bengala, airoso. Sua roupa cor de tijolo espanta os olhos elegantes e exigentes. Veio para cá há muitos anos, tem vontade de voltar, um dia, para se acabar dentro da mesma paisagem minhota que o viu nascer e por única ambição: ser gerente. Para isto não se poupa: apanha sol, apanha chuva, dorme tarde e acorda cedo, aguenta sorridente as

EM MAIO

descomposturas da freguesia. O doutor, que dá consultas grátis na farmácia, já lhe aconselhou com um gesto paternal: toma cuidado, rapaz!

A menina de boina escarlate e cabelo à ventania espera o namorado; depois irá com ele pelas ruas que se estendem por aí, à sombra das copas empoeiradas, construindo castelos. Vestido colante, os olhos macerados avivados a bistre, amassando a carteira contra o peito chato, por quem esperará a solteirona se o amor não passa? O guarda-civil espera, muito calmo, a hora de entregar o serviço e ir para casa descansar. Ele mora em Madureira, onde a vida é mais barata, onde conheceu a Claudina, onde ele é respeitado e apontado "como troço pra burro na polícia".

Entrei no jardim. As dálias não perfumam nada, mas são de mil cores que gritam e que se alastram pelos canteiros ingleses. O banco pintado de verde é convidativo. Aqui há sombra, descortina-se a rua, e as amendoeiras se enfloram de pardais. Por trás o arbusto verde-garrafa tem a forma fácil de uma bola. Assemelha-se comigo. O destino das bolas é rodar e esta está parada, presa pelo tronco frágil. Eu precisava rodar também. Precisava e estou aqui, aqui neste banco onde a frescura é mansa, esquecido por um momento da inutilidade da minha vida cotidiana, da casa para o emprego, do emprego para casa, do princípio ao fim da semana, por meses e anos, a escrever frases fáceis, protocolares, sem nenhum outro esforço para uma libertação necessária.

Como hoje é domingo e a loja está fechada, ou poderia "ser". Caem amarelas, poucas, as folhas. O outono não o sentem estas amendoeiras felizes, nem as roseiras floridas, nem o italiano exuberante que cachimba na casa de loterias. Ele desconhece o outono, há tanto que não o vê. Esqueceu a rudeza do frio, não padeceu invernos nos dias da nova pátria e as noites dormidas ao relento, nos bancos da praça Quinze, quando chegou, não lhe trazem lembranças tormentosas de sofrimento. Em cima o céu azul, mais além o mar rebrilha ao sol e a praia é um comprido lençol abrasado. Aqui há paz. Os homens, se estivessem sentados nos outros bancos vazios, sentir-se-iam contentes, esgarçariam o olhar descuidoso e diriam: Que bom!... Mais um pouco e virão as crianças inocentes enxotando os pombos. O guinhol é alegre, divertido e as crianças riem.

Se viesse a morte agora, eu não fugiria da morte. Este lugar é sossegado. Ao fundo anima-se a paisagem. Não sei o nome daqueles morros, mas que importa se os conheço desde menino? Um parece roxo (desconhecia-lhe esta atitude) na sombra do outro mais alto, mais largo, com uma pedra na encosta limosa, que as ondas do mar vão lamber incessantes.

Se ela viesse neste instante eu diria: "Bom dia, irmã!..." Ela me convidaria fatalmente, falaria das eternas sombras, ririamos, e eu iria. As coisas seriam quietas na grande estrada, ela a me afagar com as mãos descarnadas, frias e puras. Não me morderiam remorsos dos que deixei sozinhos e somente sentiria, inexplicavelmente, uma saudade vaga das horas de trabalho no escritório: o cantar das máquinas sob os dedos ágeis das datilógrafas, a janela, sempre escancarada, por onde entra a vista dos arranha-céus e o ar carregado do mar, o velho chefe a retorcer o bigode rebelde, fumando muito, ditando cartas enérgicas para os agentes nos estados, resolvendo negócios complicados de fornecimentos.

Se viesse a chuva, eu não fugiria. Esta amendoeira é esgalhada, mas parece proteger estendendo seus braços verticais sobre mim. É imóvel, infunde amizade, não sorri como os amigos comuns. Se chovesse, tenho a certeza de que não fugiria da chuva: ficaria vendo-a cair no jardim, ensopando a areia suja, sem marcas de passos recentes. As dálias resistiriam que são fortes. As bátegas fustigariam o rosto daquela estátua sem destaque, talvez que o corpo simples da dançarina, mais longe, em mármore cinza, tiritasse de frio quando soprasse o vento. As pessoas desprevenidas se aninhariam sob o toldo protetor da farmácia, na esquina, e o cauteloso sorriria superiormente suspendendo o cabo do guarda-chuva.

Mas é o sol que doura a torre da igreja e o sino parado, que à noite cantará na adoração da Virgem. E vem o mili-

OSCARINA

tar na calçada do sol, refulgindo as platinas, retinindo as esporas. Para o militar nunca haverá guerras. Doce é um domingo como este, longe da monotonia regulamentar da caserna. O cinema convida, os cartazes anunciando, gente parada nas portas a olhar os que entram. O cinema é sonoro, a música é melodiosa. Ele gosta daquelas canções numa língua que desconhece e vai procurando adivinhar. A mulher, então, fascina-o. Quando acabar o filme, e ela beijar o ator, sairá seduzido da sala escura para a claridade do dia que a saída o estonteará mais. *"I love you! I love you!"*, a voz veludosa persiste a cantar-lhe no ouvido. Ela fazia a boca em "u" para cantar a melodia fina. Por aquela mulher ele seria capaz de batalhar. Sente-se valente. Bate-lhe o coração temerário. Poderia até morrer, numa poça de sangue, tendo um beijo por laurel. Um momento! Acendeu o cigarro, depois do café no barzinho pegado, modesto, onde o velhote cochilava ouvindo os rapazes discutirem futebol. Tenta varrê-la do espírito, mas persegue-o a visão da mulher estranha de grandes olhos fundos, negros de paixões. Ela mora na América, mas é branca, muito branca. Ela hoje é espanhola, amanhã será parisiense num outro filme com outras canções perturbadoras, mas seus gestos de garça envolviam, envolviam…

Volta para casa a pé pela calçada do sol. A tarde está fresca. O ar é cristalino. Janelas reverberam. Os filhos esperam-no brincando na porta. A mais velha está vai-

EM MAIO

dosa do seu laço de fita cor-de-rosa e é raquítica e feiinha. Ele a beija na face com amor. O menor não, que está todo lambuzado de caramelo, gentileza dominical do padrinho, seu Couto, cada dia mais alquebrado e melancólico nas garras da tuberculose que o vai levando devagar. A mulher ri, ajeitando o vestidinho simples que mais esconde a gravidez, pergunta se ele gostou da fita. Tem uma resposta heroica: Não!

Aquele desconhecido é um imprudente saltando do bonde em movimento. Um segundo de incerteza e ele cairia sob as rodas velozes. Alguém choraria num outro canto da cidade e ele nem pensa nisso; encontra o camarada, bate-lhe nas costas, diz-lhe uma graça banal, entram no bilhar. Alguém choraria; a mãe, não, que aquele homem não parece ter mãe. A irmã? A noiva? Não sei. Mas alguém haveria de chorar sobre o seu corpo esfrangalhado, estendido na rua, coberto com jornais, com duas velas à roda, acesas por mãos piedosas, enquanto não viesse o rabecão. E o céu é azul e ri, o sol é alegre e esplêndido, a praia se prolonga, alva e brilhante, para lá no fundo se erguer o forte, uma muralha de concreto que se afunda nas vagas, donde vem, metálico e vibrante, o toque para o rancho.

Você que passa aí, as gazes flutuando na aragem namorada — ingrata! —, você foi qualquer coisa de nítido na minha vida de acontecimentos pálidos. Foi para você o meu primeiro suspiro de adolescente e o meu primeiro olhar heroico de desejo, quando passava, atrasada sempre, preguiçosa!, para as aulas da Escola Normal, levando debaixo do braço gordinho aquela história natural, elementar, mas que traz uma descrição tão bem-feita da flor e do fruto.

Você vai agora para a matinê, que é o seu vício de domingo, assistir à mesma fita que empolgou o militar e que o colegial aguentou indiferente. Invejará a estrela porque é bela e você não é, calculará a riqueza das toaletes que jamais você vestirá e como não tem um rapaz amante para sussurrar junto à sua boca as frases embriagadoras dos romances, sentirá tristeza onde todos se divertem, só tendo um gesto bom ao comprar mariola para o maninho, que está aborrecido porque não compreende absolutamente aquelas cenas longuíssimas de beijos e abraços. A inquietude está com você, além da incerteza do que será amanhã. E poderia ir assistir à mesma fita, tranquila, pelo meu braço. Quando começasse a inveja, eu saberia adivinhá-la e haveria de dizer ao ouvido: "Você é mais linda!" Sorriria, balançando a cabeça num consentimento mole: "São teus olhos…" — "Você é a única estrela no céu negro da minha existência", continuaria. Que lindo pensamento! Volveria para mim os enormes olhos glaucos, onde brotava a mais muda das admirações. E hoje é com seu irmãozinho bochechudo que vai à matinê. Vai. Eu fico.

EM MAIO

Veja como muda o sol, de momento em momento, no alto da abóbada sem fim. Ignoro as horas do dia pelas situações do astro. Ignoro a vida como me correria pelo afeto de você, e os nomes dos filhos que faríamos e as privações que poderíamos sofrer; ignoro as alegrias do Natal, quando tivéssemos brinquedos a repartir, à volta da árvore, iluminada com velas pequeninas, coloridas e enfeitada de bolas reluzentes, multicores; ignoro as necessidades morais da vida doméstica, os melindres da nossa vontade, os desejos insatisfeitos, as ambições irrealizáveis, a dor da partida, num certo dia, de um de nós...

— Bom dia!

Meu cumprimento salta por cima das flores, mas a resposta não me vem dos lábios do poeta. Bem que os seus olhos pousaram na minha figura franzina, mas ele não me viu. Vai só, absorto, ruminando uma rima mais lúcida para o próximo soneto impecável que o *Jornal das Moças* publicará. Tudo nele, noto agora, é premeditado: a roupa desalinhada, o pensamento, o cabelo desgrenhado, o timbre da voz soturna, o amor pela gramática, a sujeira do colarinho. Não vê o azul, nem as flores, não vê os marimbondos que trabalham, a zumbir, no beiral da casa baixa que ensombra seus passos, nem a graça ondulante da mocinha que travessa a praça, perseguida pelos raios do sol e pelo olhar voluptuoso do homem. Não ouve a vitrola que, no bangalô escondido entre a trepadeira cerrada, desmancha no ar a nostalgia negra dum blues. Não vê, não ouve, não sente. Vai fixo o pensamento na sua procura porque "ele ama a Beleza", "pela Beleza vive", "pela Beleza, um dia, morrerá".

Agora é o cego do realejo. Este homem não é um inútil como quer o corretor, de olhar avaro, sentado na varanda do seu *villino*, numa contemplação mercantil para os terrenos junto à praia, que uma tabuleta anuncia a venda. Ele nos traz um consolo. Vê como ele roda a manivela: é o "Sonho de valsa". E a gente sonha. Há duquesas remotas neste sonho acordado. Ei-las gráceis, que vêm em sarabanda povoar o jardim de risos estrangeiros. Ei-las a bailar aereamente na tarde brasileira, os membros doces, fatigados, em volteios... Depois o Trovador tudo dissipa e nos entristece um pouco, com uma tristeza que nos faz bem. Chega gente nas janelas. Ganha dinheiro o homem que tem grosso bigode inculto. Aqueles deram só para os outros verem. Não importa: os níqueis se confundiram no pires do pobre cego. Aqueles outros não deram nada porque precisam. Perdão! O cego não vê, vai embora pelas ruas cheias de gente domingueira, a tocar, a tocar, pois ele precisa ganhar dinheiro porque a vida está difícil e é preciso vivê-la. Os meninos invejam surdamente os moleques que vão trás dele, livremente, no azulado transparente da tarde.

EM MAIO

Eu fico. Breve chegará a noite, rescenderão as magnólias e eu contarei as estrelas, sempre as mesmas. As vitrines da confeitaria já se iluminaram. O bonde custou a fazer a curva. Vem um barulho de talheres daquela pensão triste, que meus olhos devassam pela janela esquecidamente aberta. Os besouros, as mariposas, as bruxas, atirar-se-ão contra os lampiões e cairão. E ficarei quieto a ver, a sentir, a luz plácida da lua.

Se vierem, porém, os bombeiros tocar *O Guarani* para a simpatia popular, então eu fugirei. Quando entrar em casa sentirei a mesma quietude. Minha mãe cosendo, sentada no seu banquinho ao fundo da sala, minha irmã, esquecidas as mãos no teclado amarelecido, num fim de sonata, sonhando — bem o sei!... — com alguém que não está. O retrato do amigo perdido pende da parede, desolado, sozinho. A lâmpada que ilumina o Senhor derrama uma luz tranquila, que vai suavemente esmaecer os ângulos dos móveis antigos. Minha mãe levantará a cabeça quando eu bater à porta: "Boa noite!" Responderei: "Boa noite!" Minha irmã acordará. Perguntarão se estou cansado, se eu passeei muito, se eu quero comer alguma coisa. Nem sei o que responderei. Deveria haver lágrimas na minha voz. Escondo-as. Não se deve turvar uma felicidade e eu sinto que existe uma felicidade inefável dentro daquelas quatro paredes, mas eu sinto também, angustiosamente, que dentro de tanta paz eu sou um homem sem motivo e lá fora na vida, um tímido que se aterra.

CASO DE MENTIRA

MORÁVAMOS NÓS EM SÃO FRANCISCO XAVIER, perto da estação, numa boa casa de dois pavimentos, jardinzinho com repuxo na frente e fresca varanda do lado onde nascia o sol, se bem que por essa época não andasse ainda meu pai muito certo da sua vida para arrastar, sem alguma dificuldade, o luxo de residência tão ampla e confortável, mas temos que perdoar a ele, entre outras fraquezas, esta da ostentação, já que a perfeição foi negada por Deus à alma das criaturas. Eis, senão quando, meu irmão Aluísio, o demônio em figura de gente, ao praticar certa travessura arriscada na sala de visitas, aliás sempre fechada à chave e que, a não ser aos sábados para a limpeza, raras vezes se abria para receber gente de fora, pois poucas eram as nossas amizades, caiu e deitou por terra a elegante peanha de canela, que ficava por trás do sofá de palhinha.

Isso, convenhamos, pouca importância teria se, sobre a peanha, não estivesse, como em precioso nicho, o rico vaso da China, um legítimo Satzuma, que papai frequentemente gabava — isto é que é a verdadeira arte, meninos! — e que mamãe admirava por seu outro valor: ser das únicas coisas que escaparam à fugacidade de tio Alarico, um desmiolado, quando foi feita a partilha dos bens do seu avô, que era barão e morrera na Europa.

De tarde, papai chegando, ainda nem tinha tirado o chapéu de lebre, que usava desabado, e já mamãe o punha ao corrente, com meticulosa exposição, do desgraçado acidente.

— Aluísio!

A voz de meu pai foi tão estranha, tão diversa e violenta, que minha mãe, coitada, ficou branca, arrependida imediatamente de ter nomeado, precipitada, o santo do milagre.

Aluísio, que se eclipsara mal praticado o ato, apareceu, lembro-me como se fosse hoje, sem fazer barulho, de pé no chão, cabeça baixa, com aquela cara que tia Alzira classificava de "cara de boi sonso"; chegando perto de papai, levantou o rosto fuinha, encarou-o de revés, cravando nele os olhos pequenos e irrequietos, o instante suficiente para sondá-lo com profunda sagacidade; abaixou novamente a cabeça, o cabelo nunca penteado, que mamãe ameaçava mandar cortar à escovinha, a cair-lhe em farripas pela testa enrugada e suja.

Todos nós tremíamos a bom tremer pela sua sorte, que papai, de ordinário calmo, sossegado, muito brincalhão, sabia ser violentíssimo quando para tal lhe davam fortes motivos e na fúria de que se enchia era fugir-lhe da frente, pois até pancada fazia parte da sua maneira de ser severo. A preta Paulina, que nós chamávamos de Lalá e que trouxera o nosso herói ao colo desde o seu primeiro dia, chorava e rezava no corredor, espiando.

— Como foi isso? meu pai interpelou com o cenho carregado.

Aluísio era muito imaginativo e, sem titubear, inventou-lhe ali mesmo não sei que história fantástica em que entrava um bandido, verdadeiramente o autor do lamentável desastre, fugindo logo após praticá-lo, sem que ninguém visse, pois ele, Aluísio, tinha sido a única pessoa que presenciara tão misteriosos fatos, por acaso, acrescentava com razoável dose de modéstia, quando fora buscar na sala o álbum de retratos para folhear, o que, inexplicável dado o seu gênio incapaz de ficar parado um segundo, era inegavelmente uma das suas maiores distrações.

— Nada pude fazer — continuou num tom diferente, porque um medo — para que mentir? —, um medo terrível tinha-o invadido, paralisando-lhe os movimentos, tirando-lhe a fala, tornando-o mudo, incapaz de gritar por socorro como seria natural, não é mesmo?

Meu pai ouvia de boca aberta, numa admiração indisfarçável pela inteligência fantasiosa do pequeno. Eu e mamãe estávamos bestificados, Paulina, arregalando medonhamente os olhos, nem podia acreditar.

Aluísio descreveu ainda, com brilhante colorido e absoluta segurança de ânimo, o aspecto do sujeito: trazia compridas suíças, cor de fogo — frisava, com aquele sutil amor pelo detalhe, um dos seus mais brilhantes característicos — e uma meia máscara roxa nos olhos; as botas vinham até os joelhos, parece que estava armado, mas isto não garantia porque uma imensa capa preta envolvia-o todo.

Depois, quando percebeu que poderia, sem receio, terminar, fez um silêncio brusco deixando cair os braços, que agitara adequadamente no correr da sua sensacional narrativa.

Papai não se conteve: soltou uma tremenda gargalhada. Sentou-se na cadeira mais próxima a se estorcer, chamou-o para junto de si, passou-lhe a mão pela cabeça: Você ainda há de dar coisa na vida! sentenciou com legítimo orgulho paternal. Em frases truncadas, sem continuidade, para o restrito e ainda boquiaberto auditório, traçou-lhe um esplendoroso porvir, e mandou-o passear.

CASO DE MENTIRA

Pegando na palavra paterna, durante umas tantas semanas, Aluísio pôs os livros de banda e não parou em casa, soltando papagaios no morro, jogando gude, na rua, no meio da molecada. Chegou o dia, porém, em que tanta liberdade precisava ter um freio; papai ralhou — vagabundo! — e mamãe passou o cadeado no portão de ferro. O acidente é que jamais foi esquecido, ficando conhecido na família, e contado às visitas entre gargalhadas, como o caso do bandido, ao invés de caso do vaso da China, como seria mais justo, dada a sua origem.

Mas, origens e transformações, tudo são injustiças neste mundo, rótulos de ouro e mercadorias baratas, tanto assim que falhei, redondamente, na primeira ocasião que tentei empregar o mesmo método do mano Aluísio, hoje advogado, e se, incontestavelmente bem colocado, com uma bonita carreira na sua frente, nem por sombra tem aquele portentoso futuro que profetizara meu pai, posto para sempre distante do nosso afeto, bom pai, quando naquele ano, tão doloroso para a minha gente, chegavam os primeiros rigores do verão.

Havia uma moringa em nossa casa, que somente papai lhe bebia a água. Ficava dia e noite, cheia, na varandinha da copa, à sombra plácida da mangueira, para a água ficar mais fresca e se impregnar do leve sabor a barro que papai tanto prezava. Em domingos de verão, se não era infalível, frequentemente aparecia seu Souza para palestrar algumas horas; mamãe achava-o extremamente cacete, mas atendia-o com especiais finezas, porque o marido, que ela colocava pouco abaixo das coisas celestes, elogiava-o, com sincero ardor, como sendo um homem de peso e medida! Seu Souza não escondia, como poderia fazer usando colarinhos mais altos, uma velha cicatriz no pescoço e era bastante enjoado, não variando nunca de conversas — questões de terrenos para vender — e de graças: Você tem água gelada com gelo, compadre?

Papai respondia logo:

— Gelo é um perigo, seu burro! Mas tenho a minha bilha fresquinha — e gritava para dentro: Onde está a moringa? Olhem que o Souza também quer.

Como se acabou de ver, este privilegiado senhor era o único mortal com quem meu pai dividia o precioso conteúdo da sua moringa. Este célebre objeto, externamente, não correspondia em absoluto a tão subidas distinções, comuníssima moringa, dessas que se encontram nas menos sortidas das quitandas. Talvez custasse poucos tostões mais, não duvido, por ser pintada, porque lá isso era ela, com casinhas e beija-flores, dentro de um oval que era uma espécie de grinalda de florezinhas rosas e azuis. No mais uma banalíssima moringa, como já se disse.

Já que falamos de moringa, falemos também de peteca, o que à primeira vista parecendo extravagante, senão absurdo, tem memorável relação nos acontecimentos da minha existência.

CASO DE MENTIRA

Fora uma das minhas grandes ambições, ideal de criança, bem se nota, mas, pela vida adiante, não creio que, das muitíssimas que me vieram, todas tivessem sido maiores ou melhores que a da ingênua posse duma peteca.

Numa loja de brinquedos meus olhos ansiosos tudo punham de parte, trens e velocípedes, jogos e rema-remas, para buscá-la humilde e escondida. Como, quando ia à cidade, voltava sempre com as mãos abanando e sofria horrivelmente no bonde o fato de ter, mais uma vez, deixado na sua vitrine o objeto dos meus caros sonhos, o ir à cidade era motivo para mim de secretos padecimentos, e, infelizmente, isso acontecia com certa regularidade semanal, pois mamãe não gostando de sair sozinha, e como eu era o filho mais velho, preferia-me para acompanhá-la. Tem mais juízo!, falava. Talvez por isso mesmo fizesse o Aluísio tanta diabrura: não gostava de ir à cidade. Preferia ficar em casa, longe dos ralhos da mãe, a fazer o que lhe desse na cabeça: pedras nos quintais vizinhos, estripulias no alto do muro, maldades até como no dia em que cortou, com o machado, o rabo da gata malhada que Lalá tinha criado com papinhas.

Uma tragédia os meus passeios, porque mamãe não chamava de outra coisa as minhas saídas. Voltava sucumbido. À noite sonhava com ela, a peteca querida, via-a minha, pular no ar, ao bater das palmadas estrepitosas, lept, lept, com as penas vermelhas, lindíssima peteca!

Interessante é que não ousava pedi-la aos meus pais, sabendo perfeitamente que pouco seria o seu preço para que eles me negassem. Idiota, poderão dizer, ilógico, poderão argumentar, levando em conta a facilidade de pedir que é própria das crianças. Nada me fará mudar: pura verdade é o que conto e a mim é quanto me basta.

Vivi assim, longo tempo, sonhando com petecas e ambicionando-as nas montras, quando um belo dia, um dos domingos do seu Souza — parece incrível! —, ele me presenteou com uma.

Nessa tarde excepcional eu compreendi o segredo difícil das simpatias. Olhei de frente o velho amigo de meu pai e, se continuei a achá-lo feio, é impossível esconder que achei-o infinitamente agradável. A grosseira cicatriz do pescoço, longe de qualquer piedade pela má aparência que causava, infundia-me, pelo seu dono, uma notável admiração, tentando ligá-la heroicamente a um episódio desconhecido da sua vida, um ataque inopinado que sofrera de inimigos covardes, ficando aquele ferimento por lembrança, amarga e sempre viva, da sua coragem reagindo. Cheguei a rir das suas eternas piadas, corria a buscar a moringa quando era hora, ficava perto dele, ouvindo-o conversar (soube aí ser proprietário de não sei quantos terrenos em Botafogo), esperava por ele no portão, levava-o até o bonde quando se ia, largos passos, que eu mal acompanhava, o chapéu chile de abas para cima.

CASO DE MENTIRA

Pois da moringa e da peteca nasceu uma desgraça: minha mão inexperiente impeliu a última contra a primeira e esta ficou em cacos. Ninguém se alarmou, "moringas há milhões por este mundo, iguais como as formigas", serenou-me minha mãe, que fazia comparações engraçadas.

Tínhamos já acendido a luz quando papai chegou, atrasado, para jantar, e como fizera demasiado calor durante o dia, entrando suado, com sede, gritou logo:

— Vejam a minha moringa!

Contaram que se quebrara e eu fora o culpado por andar jogando peteca dentro de casa. Chamou-me. Dirigi-me a ele serenamente e tratei de inventar a aventura de um gato que perseguindo um rato...

Eu era, porém, pouco imaginativo e até a meio da minha história, trivialíssima, não conseguira encaixar nenhuma passagem de extraordinário realce. Verdade seja dita, não passei além do meio; papai deu-me um tabefe na boca:

— Mentiroso!

Puxou-me pelas orelhas, levou-me para o quarto, sem jantar, disse-me, com dureza, "que um homem que mentia não era um homem", pôs-me de castigo uma semana, preso em casa, sem pôr os pés fora, na varanda que fosse. Aluísio, insensível à minha prisão, folgava, não parecendo sentir a falta do companheiro. Era de vê-la a facilidade indiferente com que supria, nos seus brinquedos, a minha pessoa ausente. Da janela do meu quarto, enquanto descansava

OSCARINA

as mãos doloridas de copiar, com boa letra e sem nenhum erro, as trinta páginas da minha geografia, que papai, pela manhã, antes de sair, inflexivelmente, me marcava, ficava-o vendo correr, subir as árvores, com desembaraço e agilidade. E invejava-o surdamente. Tinha dez anos.

A MUDANÇA

A MUDANÇA FOI REPENTINA! As estrelas desapareceram bruscamente da noite. Saindo não sei donde, nuvens, cada vez mais negras, amontoavam-se num canto e acabaram por tomar todo o céu. Negror. Então, veio o vento e sacudiu o ar estático, abafado, vergou as árvores, bateu janelas na vizinhança, trouxe gritos distantes para meus ouvidos inquietos. Levantou-se a poeira nas ruas, rodopiou, subiu, entrou pelas persianas sujando os móveis.

Mamãe, aflita, que estava na hora da poção, chegou como uma sombra, cerrou as persianas, mas o vento era mais sutil e insinuando-se por frestas despercebidas balançava da mesma forma as bambinelas.

OSCARINA

— As bambinelas estão dizendo adeus!

Nem sei como me acudiu logo o pensamento estranho: As bambinelas estão me dizendo adeus! Ou estarão me chamando? Sim, é possível que estejam. Mas para onde? Sinto-me fraco, uma dormência espetante como milhões de alfinetes paralisa as minhas pernas. E elas continuam a acenar: Vem!

Embala-me, monótono, o tique-taque do relógio na sala onde minha irmã pedia a São Bento para cortar a perna do vento, que eu podia piorar.

E a febre na mesma. Trinta e sete e seis. E a tosse. O peito doendo sempre, sensação angustiosa de asfixia: o teto caindo sobre mim, me oprimindo, me esmagando. Poderia fugir, mas a dormência, que me prendia as pernas, invadiu-me o corpo agora e me prostra incapaz.

— Está melhor?

Mamãe dobrou-se sobre a minha face num beijo longo, afagou a minha barba crescida. Seus cabelos grisalhos roçaram-me a testa seca.

— Estou. Quero dormir.

Saiu na ponta dos pés, depois de compor o lençol que me cobria, ficou na sala, folheando o jornal, fingindo que lia. Mina correu para o quarto dos fundos, o feio, com o papel vermelho, manchado de humidade, se esbeiçando pelos cantos e a janela estreita que dava para a área onde a pitangueira definhava. Chorar? O vento chorava também no jardim despetalado, nos telhados, nas árvores sacudidas

A MUDANÇA

da rua. Chiii — eram as folhas se arrastando, secas, na calçada. Pedir? Terezinha de Jesus, no oratório branco da maninha, não fazia mais milagres. Estava surda a todas as orações. Surda? Não. Era o vento, o vento maldoso, com certeza, que levava todas as palavras boas para as espalhar à toa pelas ruas sem ninguém.

A febre se elevou um pouco mais, o que não é natural. Talvez seja impressão apenas. Se pusesse o termômetro lá, viria o seu refrão: trinta e sete e seis. Mas para que aquele abajur colorido, azul, rosa, e os bichos bordados em preto? Que inutilidade! Nem era bonito ao menos... Mas se ele crescesse como os gatos, as árvores e as crianças? Ficasse grande, imenso e cobrisse todo o mundo? E fosse endurecendo, virasse bronze de tão duro e cantasse como um sino? Cantou! Ele cantou! Não. Foi o relógio.

— Que horas são?

— Sete e meia. Está sentindo alguma coisa, meu filho?

— Nada.

Nada mesmo. Que tranquilidade senti me invadir, que silêncio pareceu se fazer. Até o mosquito sossegou.

— Tão cedo...

Tomara o leite às cinco e meia. Não o sentia mais no estômago e só passaram duas horas? Não, aquele relógio estava ficando velho, caduco, não regulava mais. Forçosamente que era mais tarde. Ninguém passa na rua...

Calma imensa. Nem o vento lá fora assobiava mais. Sete e meia. E um silêncio na casa.

Quantos anos tinha o relógio? Quando era menino já existia, no mesmo lugar, por cima do aparador, e já ia para os vinte e dois anos, uma criança ainda, diziam, e no entanto sentia-me velho, de tanto sofrer.

Pensei no tempo do futebol na rua: o lampião era o gol, a meninada convencidíssima. O Julinho ostentava chuteiras Atlas, invejadíssimas pelas travas em rodelas; o Zé Maria agora era soldado e uma vez viera visitá-lo: estava achando a vida difícil, tinha medo de ficar desocupado, sem casa, sem dinheiro, já pensara em engajar. O Russo, filho do quitandeiro, tinha morrido do peito. Os outros se perderam por este mundo. Ah! e a escola pública!... Dona Maria José, a professora que se casara; e aquela menina!... Loira! Loira! Tão loira!... Lourdes... Perdera o seu retratinho, perdera-a também... O pai dela bebia, vivia cambaleando nas esquinas do bairro, batia-lhe. Era dócil, tristonha, trazia-lhe flores, dizia-lhe que ele era o seu amor, tinha a boca carnuda e cor de sangue, um contraste flagrante com seu rosto pálido. Depois os exames na faculdade, o velho professor condescendente, o porteiro filante e os cadáveres.

Às oito horas, em ponto, senti-me molhado, depois dum rápido acesso de tosse: era sangue. Sangue, mais sangue. Morri. Na casa toda continuava o silêncio.

Na escrivaninha aberta folhearam as minhas páginas. Poeta? Ora!... Leram surpreendidos. Elogios. As velas queimando em volta de mim, as flores cobriam o meu peito, sem pressão, descarnado, mas eu não sentia os perfumes.

— Quem diria, hein?

— É mesmo.

— Tão bom!... Tão simples!...

Contavam fatos:

— A última vez que o vi...

— "A noite é assim: silenciosa, fria." Bonito este poema! Cercaram o Souza que lia, o papel suspenso enfaticamente das mãos gordas. "Um cheiro de suspeita na aragem traiçoeira, onde a trepadeira, branca, se reclina." Lindo, sim!

Eurico aprovava só com a cabeça.

— "Os pirilampos todos se sumiram."

Antonio não compreendia nada. Pirilampos se sumiram? Todos? Que diabo!

— "Só ficaram os grilos no jardim cantando para as estrelas indiferentes."

— Admirável! Admirável.

Eu os lia por dentro devassando-lhes todos os pensamentos; cada rosto era para mim uma janela aberta; bastava me debruçar um pouco e toda a casa se me mostrava.

Luiz, sempre desconfiara dele, namorava o meu Larousse na velha estante desarrumada, mas haveria de passar bastante lysol nos volumes porque aquilo pegava como visgo.

Minha irmã inexperiente, minha mãe imprestável, atirada na cama numa crise violenta de nervos, que longe de excitá-la, prostrara-a inerte, sem ação, como morta, foi seu Cardoso — aborrecido, mas que se há de fazer? — que tratou de tudo, com gorjetas somítecas para o velhote da Santa Casa.

A primeira pá de cal foi do Oliveira — tão engraçado o Oliveira! — após a despedida de amigo entre caras enfastiadas. Queixava-se, amargamente com os seus botões, daquela vasta estopada: as lágrimas, o enterro atrasadíssimo, ele sem jantar até aquela hora; imaginava uma tuberculose também, proveniente duma gripe seríssima apanhada naquela maldita tarde, gélida, úmida terrível. A última foi a do Mauro, que sempre se distraíra admirando as coroas, lendo fitas: "Saudades da Dondoca" (a prima loira que morava no Méier), "Seus colegas do 4º ano", a do seu Ramalho da farmácia, enorme, de dálias, humilhando todas as outras, mesmo aquela pequena, tão simples: "Tua mãe e tua irmã".

Quando tudo acabou, a cova cheia, os passos em cima da terra — bem se ouviam, afastando —, senti-me livre, só, aliviado. Enfim! Uma ânsia, porém, sem limites se apossou de mim, agora que eu via tudo, pois vi à minha casinha humilde na rua dona Constança, deserta de todos os meus sofrimentos. Vi e quis voltar para lá, para o meu desespero, para a minha dor, a febre, o peito aflito, a asfixia e esperar a hora da poção — esperança, esperança! — que minha mãe vinha dar, os olhos úmidos.

UM DESTINO

O CANARINHO DA TERRA PAROU de cantar na gaiola que a janela emoldurava e o grande sossego suburbano, invadindo a sala, contaminou a casa toda. O armário novo estalava. Antônio fechou os olhos com moleza sincera sobre o jornal, fartamente literário de domingo, enquanto o Sultão, alheio às pulgas, dormia no tapete barato onde dragões se engalfinhavam.

Nem cochilou. Bocejou, estendendo os braços numa preguiça ilimitada, ficou pensando na sua vida, que tomara tal rumo que era impossível mudar. Abandonara-se ao sabor dos acontecimentos fáceis. Recolhera-se à religião consoladora: seja tudo pelo que Deus quiser... Deus quisera tudo como fora. "O destino é Deus quem dá..."

O sorveteiro passava na rua. Levantou-se e quis pedir um cafezinho. Não pediu nada. Acendeu o cigarro, debruçou-se na janela, quebrando e requebrando o fósforo entre os dedos. O sorveteiro virou na travessa. Dona Amélia ia para a matinê com a criançada. Não é que seu Barbosa cortou mesmo o pé de buxo! O casario velho do morro tinha uma graça de coisa nova, entre a folhagem, sob o sol que faiscava; no quintal a latada de maracujás defendia as legornes do calor, subindo pela caramboleira que não havia meio de dar, e do caramanchão, no vizinho, vinha uma conversa confusa e dominical de namorados.

Tinha de ser. A culpa não fora dela, que a vida tem cambalhotas e a dele nunca tivera outra coisa. Revoltou-se um momento: Tinha de ser uma brisa! Bem que ela fora culpada. Quem faz a vida é a gente mesmo e... Parou. Sentiu que tudo era inútil agora. Tudo já tinha acontecido. Águas passadas... Águas...

Sentou-se outra vez, cabeça abandonada no espaldar alto, de palhinha gasta, sob a impertinência das moscas.

Os livros, nas estantes atulhadas, não lhe ensinaram nada, de nada lhe adiantaram. Tempo perdido fora aquele seu de esperar madrugadas, de gastar domingos inteiros e feriados, a estudar, enquanto os primos iam para o futebol ou para o cinema. O Juca, muito cheio de espinhas,

UM DESTINO

estava como chefe ou subchefe, nem sabia, na Standyfor Company; Miquelino, o mais moço, que se casara com a Dulce, e era o braço direito do sogro no Sindicato Nacional do Café, já lhe falara num bangalô em Ipanema. Ele ficara no que era, pouco melhor com a tabela Lyra, empregado na Central, com plantões noturnos e viagens forçadas que o fatigavam imenso. E não que fosse menos ativo que o Juca e não que escrevesse absolutamente com b-i como o Miquelino. Era uma injustiça pensar mal do Miquelino, tão bom, tão esforçado, vivendo para a família. Ele também para muitos não valia nada. Ingratidão sua, não há por onde escapar, pois o Miquelino era muito seu amigo, queria-o até para padrinho do primeiro menino, esquecendo amigos ricos. Ele era ingrato e injusto com o Miquelino. Ingratidão, injustiça, tudo em "in". E quem diria que não fosse inveja?

Não se formara porque não quisera, pelo que ora se entristecia, ora se alegrava. Ficara sem título, com o que sabia, achando que já era muito e o necessário. Enganara-se porque isso era na repartição levado a conta de inferioridade e a primeira vez que sentira tal, magoara-se profundamente. Fora na discussão com o dr. Madeira, um engenheiro novo ainda na seção, e, porque fizera um curso de especialização nos Estados Unidos, chegara precedido de grande fama. Uma notabilidade no assunto, informava sempre que era possível, o Maurício Pontes; me dou muito

113

com ele, acrescentava, desde pequeno, éramos vizinhos, estivemos no mesmo colégio; é sobrinho do senador Madeira, um rapaz de muito talento, não é lá por ser amigo dele que digo. Vocês vão ver.

Ele reduzia a coisa a pratos limpos, mostrando claramente o erro, com as estatísticas na mão, na roda dos companheiros que os circundara:

— Está aqui, e batia no papel. Eu logo vi que o senhor estava errado: o cálculo tem de ser feito em metros.

Dr. Madeira, enrubescido, gaguejara uma defesa, mas ele foi decisivo:

— Não acredita? Quer que eu faça os cálculos na sua frente? Pois bem. E ia buscar lápis e papel quando o Melo Cunha se interpusera, adoçando a voz de dentes maus:

— Ora, você, Antonio, afinal de contas um rapaz inteligente, a querer discutir com um doutor?!... Tem paciência, meu velho...

O "é mesmo" foi geral. Ele não era doutor? Paciência... Meteu a viola no saco e foi para a sua mesa acabar uns mapas. "Ele não era doutor..." Ele não era nada, falava alto. O Castro abriu a boca grotesca, espantado. "Deus sabe o que faz. Deus... Deus..." Um amolecimento... Suava... Que calor! Ligou o ventilador. O Castro, cauteloso, foi botar o paletó.

Toda a sua vida tinha sido um rosário de surpresas vexatórias. O emprego difícil que arranjara, aos vinte

UM DESTINO

anos, sem políticos por si, num concurso com mil candidatos, não tentara Marita, que adivinhara dificuldades e privações. Se fosse outra, talvez... Mas era ela, que nunca as tendo sentido na sua vida de moça, não as queria depois na de casada. Fincou pé. "Vamos esperar mais." Vamos.

Veio a comissão em Mato Grosso, combinaram, naquele domingo chuvoso quando voltavam da casa de dona Margarida, uma amiga dela, que dera uma festinha de aniversário, ganha-se mais, ajunta-se, é negócio. Ela achou que sim e ele foi. Veio a doença da tia Xinoca, que o criara e a levou em três dias. A caderneta do Banco Comercial ficou reduzida a pouco mais de cinquenta mil-réis. O procurador, muito zeloso, informara que a casinha do Rio Comprido precisava de consertos urgentes: "o muro caiu e há uma intimação da Saúde Pública." Se fosse morar nela não precisava tanto, que tudo, com gratificações ao fiscal, se arranjaria. Você quer? Com o que ganho viveremos... Achou que não, ela, numa carta em que a experiência da mãe apareceu entre saudades duvidosas.

A comissão acabou naquele maio florido. Voltou magro, mais lívido, mais alquebrado. "Estás um esqueleto!", explodira o Almeida, muito espalhafatoso, abraçando-o em plena rua. Falaram vagamente que ele precisava tirar uma licença para se tratar: tinha direito!

Era de lei!, gritaram com autoridade quando sacudira os ombros. Na sua idade uma fraqueza é coisa perigosa. Não é para se fazer pouco-caso, não. Olha o Zezinho. Olha o Plínio da Maricota. Quer mais exemplos? Dona Esmênia tinha metáforas: dás com o rabo na cerca, meu filho. Acabaram por ser francos: Friburgo ou Campos do Jordão. Quem já viu magreza igual? Assim era impossível casar!

Ficou na praça da Cancela mesmo, junto com o primo. A cama era um colchão sobre os caixões cheios de livros. O primo tinha uma cama de vento e morria por conhecer Buenos Aires.

— Ainda hei de ir. Vais ver. Ainda hei de ir, dizia, botando os olhos no abstrato.

— Nem tão difícil é assim. Basta comprar uma passagem...

— Mas é que me falta o burro do dinheiro! berrava dando murros no ar.

Riam. As noites eram tranquilas, ele nos seus livros, o primo nos seus sonhos: a avenida de Mayo abrindo-se aos seus olhos, o Rosedal, os cabarés, os tangos, a vida...

A caderneta melhorava mês a mês. Você quer?, arriscara, encurralando-a contra a parede. Ia querendo. Vou te responder, sim? Quando? Encostou-se na estante, terna, pensativa, olhos postos nos seus olhos: Um mês? — Está bem.

UM DESTINO

Foi arrumar uma encrenca do Gonçalves — aquele animal! — na linha do centro. Coisa de quinze dias no máximo, garantira, quando se despedira, na cancelinha. Demorou-se vinte e um porque o Pinto, o companheiro, sempre no mundo da lua, errara nos levantamentos. Quando chegou, o médico (chamado por causa duma indigestão do maninho) estava de namoro feito. Revirava por qualquer coisa o fura-bolos que o anel de grão enobrecia: São hipertrofias.

Dona Maricota, titia, gozava:

— Que rapaz distinto!... Dá gosto!... E que tino! Não é mesmo, dona Mariquinhas?

Dona Mariquinhas sofria do estômago. Um embrulho depois do almoço, do almoço só, isto é que era esquisito.

— Tome bicarbonato, minha senhora. Uma pitadinha e pouca água. E nada de coisas muito ácidas!

Remexia a gaveta dos retratos, afirmava, suspendendo no ar a fotografia de Marita no dia da sua primeira comunhão, que ela pouco mudara, bonita, pois, desde menina; elogiando o café feito por dona Esmênia: isto é que o que se chama um bom café! — tocava discos na vitrola com liberdade.

— Sou doido por um *fox*, dizia. Até pareço criança, não?

— Qual o quê! retrucavam. É tão natural. Alegria.

Dona Esmênia era sincera: Eu cá por mim não gosto de gente triste. O pai de Marita era muito alegre, o doutor nem imagina. Na véspera mesmo de morrer, coitado, ainda foi a uma patuscada em casa do capitão Feijó.

Ele, então, fazia-se bom filho, terno, saudoso e contava casos da sua família no Rio Grande, do pai, dono duma grande estância, campos a se perderem de vista, muito severo com os filhos da irmã — uma pérola! — da mãe que tinha morrido. Dona Esmênia, com o olhar enternecido, chamava-o "meu filho".

Sorriu daquilo tudo. Nem perguntou pela resposta. Ficou esperando na cadeira de balanço, que agora estava reformada, adivinhando que ela não viria, sentindo-se esquerdo e desnecessário no meio da alegria que dominava a casa. Cuidou de se despedir (desculpar-se-ia: tenho tanto que fazer!…), mas temeu ser descortês, ferir melindres, ficou entrando pouco na conversação. No jantar houve indiretas. "Há sempre neste mundo criaturas que têm caveira de burro." Falaram do casamento da vizinha que fora transferido porque o noivo, empregado no comércio, andava atrapalhado nos seus negócios. Foi pretexto: "Quem não pode não casa… nem empata", sentenciou dona Esmênia, acentuando as palavras. Doeu-lhe fundo. Houve um silêncio irrequieto e humilhante que dona Esmênia cortou fazendo a voz maternal:

— Minha filha, você quer carne assada?

— Não.

Os olhos dela, pestanudos, viraram para ele com ternura, talvez com piedade: E nós? Piscaram dum jeito: Sei lá!

UM DESTINO

Nunca. Duas semanas depois era o pedido, que os jornais noticiaram, depois houve o brinde, com um anel de pérolas, presente dele, muito gabado, a azáfama dos preparativos, cose-que-cose o enxoval, e o casamento três meses mais tarde, no mesmo dia — de um sol esplêndido — em que ele, na repartição, era preterido pelo Carvalho, José de Albuquerque Carvalho, na vaga para ajudante do engenheiro-chefe.

Ficou sozinho no quarto pequeno da Cancela, que ele achava enorme agora que o primo o abandonara pela Pensão Nogueira, mais perto do trabalho, "e com uma boia decente". Passava as noites à toa, devassando o largo, da sacada, em pijama, indiferente ao vozear que vinha do café Vascaíno, na esquina, e as estrelas que brilhavam para os lados da Quinta. Remexia as suas gavetas, rasgando papéis inúteis, dando um balanço nas coisas velhas da sua vida: cartas, contas, retratos, pedaços de jornais, certidões. Pegou no velho cartão-postal que o Adalberto lhe enviara há muito tempo, uma paisagem de Santos. Santos... Ela já passara por lá. Já vira aquelas montanhas, contemplara aquela praia extensa, vira a luz daquele farol, conhecera aquele porto que a gravura reproduzia mal. Ela partira por aquele mar, quando seguira para o Rio Grande, por um fim de tarde, triste, naturalmente. Como deviam ser tristes as tardes em Santos!... Sentia uma melancolia estranha o invadir; sentia uma dor mansa no fundo da alma se misturar a uma saudade absurda das tardes morrentes de Santos, que ele nunca vira. E deitava a cabeça na mesa num entorpecimento, os olhos abertos para a noite lúcida que entrava pela janela.

Às vezes, atirava-se para cima da cama improvisada, o Liberty queimando na ponta do braço indolente, estendido, e ficava, numa grande ternura, os olhos rolando no teto, pensando nela, nos seus gostos, nos vestidos que tinha — aquele de crepe vermelho que lhe ficava tão bem!... —, na covinha galante embelezando o queixo, nas suas amizades, a Zuzu, a Santinha, a Eurídice, que se casara e lhe escrevia sempre cartas compridas, contando casos engraçados do marido, "um pândego de marca maior, mas muito bonzinho". E vinha-lhe a lembrança, mais clara, dos passeios que fizeram juntos com a Eurídice, então noiva, muito feliz, na Urca, no Leblon, na Quinta, o da Quinta principalmente, por um sol luminoso de dezembro. Ele estava de roupa nova: Um almofadinha, vejam só! ela troçara. Gente humilde amava por debaixo das sombras. Os cisnes, muito brancos, estendiam os pescoços lânguidos para a curiosidade dos basbaques. O sorvete Polar era gritado pelo negro: É aqui! É aqui!, batendo uma matraca com furor. Depois o beijo grande, o seu primeiro beijo, defronte a tartaruga, na escuridão propícia do aquário.

Ficava repetindo: defronte a tartaruga. Defronte a tartaruga gigante do Amazonas... Do Amazonas... E virava o espírito, sem querer, para a riqueza perdida da Amazônia longínqua, no descaso dos governos, sem dinheiro, sem iniciativas, sem forças, como uma grande vitória-régia se estiolando ao sol.

Então, levantava-se de súbito — que coisa mais estúpida é a gente pensar! — e mesmo sem chapéu, o colarinho desalinhado, saía para a rua e ia andando sem destino até o Campo de São Cristóvão.

Aos sábados, pela tardinha, Maria vinha-lhe trazer a roupa lavada. Enquanto conferia o rol, ela, sentada na mala, conversava com desembaraço, fazendo-lhe perguntas que ia respondendo à toa, com pena, "se ele trabalhava muito, se a pensão era casa (não gostava da cara da zinha, a dona), se tinha visto a Ramona, uma fita muito bonita, muito triste, no Cine-Parque-Brasil".

Veio-lhe depois aquilo, de repente, mais como uma necessidade. Ficara ainda assim se devia... Lembrava-se da primeira vez... Resolveu-se. Você quer? A resposta foi diversa e sincera: Quero.

Foram morar na casinha do Rio Comprido, muito maltratada pelo último inquilino e que a palmeira, ao lado, diminuía mais. O primeiro, muito clarinho, mas o segundo, o Luiz, saíra bem à mãe.

Agora era viver assim, deixa o barco correr, sem ambições, nem desejos, facilmente, numa felicidade tão estúpida que ele nem sofria. Com tudo Maria se contentava, para ela estava tudo muito bem. Menos a pia da cozinha. Queria outra, uma nova, que aquela era uma porcaria!... "Vou botar outra! Vou botar! Deixe acabar o conserto do banheiro! Você pensa que eu acho dinheiro na rua?" fazia ele, doido por um desespero, por uma queixa.

O cachorro acordou assustado. Maria veio da cozinha, cantarolando, o Luiz pendurado no ombro mulato.

— Tá falando sozinho, meu nego?

Nem respondeu. Sacudiu a almofada de chitão futurista. Espreguiçou-se. Pela porta estava vendo, na sala de jantar, o quadrinho do peixe no prato fora do lugar.

— Está pesado do cozido, hein? Faz até lembrar meu pai. Ele gostava muito...

Pesado do cozido, eu! Pesado. Mas que estúpida! Nem desconfia!... Teve vontade de descompô-la. Teve ânsias de esmurrá-la. Ela continuava, encostada à parede, por baixo do Coração de Jesus, endireitando os bibelôs na mesinha, a contar uma história do pai, português, com um patrício, o seu Vicente. Penalizou-se: coitada!... E ela acabou: meu pai era muito engraçado! Fazia cada uma que você nem imagina. Seu Vicente ficou todo molhado. Mas não se zangou, não, eram muito amigos. Eram lá da mesma terra e vieram juntos, garotos, pra cá.

A varejeira atravessou o silêncio e as palavras de Maria foram-lhe atrás:

— Passei a ferro o seu terno, ouviu? O azul-marinho. Tirei a nódoa também que estava indecente. Era graxa, seu porco!

— É?...

— Mas o Lauro me falou que se você não quiser mais...

Lauro era o irmão dela, chofer de praça, dono dum Studebaker, que ele comprara em segunda mão, novo, uma pechincha.

— Faz o que você quiser, bocejou.

— Não dou, não. Ainda serve muito. Pra dia de chuva, então!...

O Luiz embirrou com o Sultão: Sai! e quis ir com o papai.

Antonio, sem ação, com o pequeno no colo a brincar--lhe com a barba espessa e mal feita, não atinava com uma graça, um brinquedo, uma palavra.

— Sem jeito mandou lembrança, caçoou Maria.

— Você gosta de seu pai, meu filho, você gosta de seu pai?

O guri fazia com a cabeça ora que sim, ora que não. E Antônio só sabia repetir: Você gosta de seu pai?

Abraçou, então, o filho, num desespero, fortemente contra o peito.

— Você mata esta criança! acudiu Maria tirando-lhe o Lula dos braços. Parece tamanduá.

Teve desejo de dizer-lhe outra vez: Maria, você quer?

OSCARINA

Ela, porém, sacudindo o seio farto, ria muito da sua pilhéria: Parece tamanduá!

Confundiu-se.

A soalheira de dezembro desabava lá fora. A cigarra, solitária, fazia-lhe lembrar outros verões.

NA TORMENTA

— Pam, pam, pam, batem-lhe na porta, pancadas curtas, iguais, acostumadas.

— Já?!...

Atirou para os pés da cama o lençol amarfalhado, mas deixou-se ficar estendido, pernas abertas, nos braços uma lassidão de noite mal dormida, sem se resolver.

Não tornou a adormecer, olhos postos no teto, mas foi como se sonhasse. A tarde da véspera repetia-se dentro da sua imaginação igual, sem tirar, nem pôr, tão exata como se fosse ela mesma e não uma reconstrução. Gritavam na luz morrente: "Cerca!" e o cachorrinho, assustado, fugia. Crianças corriam-lhe atrás: "Pega! Cerca!" e mães inquietas debruçavam-se nas janelas, apreensivas, não fosse um automóvel apanhar uma delas, mais imprudente. Cigarras vespertinas chiavam, sons que desciam das folhas, que lhe infiltravam na alma a saudade de outras tardes iguais, assim douradas, de suavidade assim. Em pouco desceria sobre o bairro tranquilo à noite, a noite boa, as horas de descanso, quando todas as fábricas se fecham e a energia dos homens se recolhe. Acender-se-iam as luzes nas salas de jantar. Tranquilidade das sopas fumegantes e das conversas entre o tinir dos talheres: "Pedrinho hoje estava impossível. Você precisa ralhar com ele, Armando." "Os negócios melhoram. Amanhã a féria será melhor." "E o café, subiu? — Está subindo." Viriam os homens para as varandas depois, fumando, repousados; pares distraídos sairiam pelas calçadas, na frescura do tempo, alguns entrariam nos cinemas. Só ele estava inquieto. Só ele via sombras e nuvens negras na noite límpida que vinha. Nunca mais o luar de outubro, pensava, desenharia no chão a sombra querida daquele corpo se extinguindo, preso na brancura cuidadosa dos lençóis, à espera do último minuto — quando seria? —, corpo que o protegera, alma que o afagara, coração que o perdoara — não foi nada, esquece... — braços que o levaram para o sol, ainda bebê, nas praias matinais, onde o ar era puro e a areia era limpa. Boca que lhe contara as histórias dos bichos que falavam, voz que já perdeu o doce timbre que a caracterizava, voz que naquela hora só

NA TORMENTA

pedia a morte, e ela não vinha, vinha o médico com ópio, mais ópio, que era um caso perdido, nada podia fazer, senão minorar o sofrimento. Teimavam na luz morrente as cigarras vespertinas. Tremeluzia a estrela perdida, a única, a brilhante, a pequenina estrela. E os homens voltavam. Brincavam meninos no passeio: estou na casa da baleia e a baleia não me pega! No momento da despedida ele já não sofreria, de previsto que lhe era o desenlace. No entanto olhava o céu e pedia novas lágrimas para o momento da partida. Não as teria, bem que adivinhava. Para onde foram as suas lágrimas, em que dores inúteis se perderam? Pobre dele sem os seus afetos! Pobre de seu coração sem ninguém para se amparar, para tentar explicar, as suas mágoas mais íntimas, os seus desesperos, as ambições e as suas queixas. E o céu era puro de sossego e de luz, luz igual, homogênea, que se apagava aos poucos, serenamente. Não boliam as folhas nas árvores da rua. Passara o automóvel, o soldado e a carrocinha. Gritos infantis rasgaram o ar perfumado, sacudindo a paz, paz que vinha das distâncias, além, desconhecidas, paz que seu coração desejava, paz luminosa dos que se sentem protegidos e fortes.

Agora é a voz esganiçada que varrendo tudo chama o do corredor:

— Já passam das sete horas, seu Luiz!... Seu Alfredo já saiu. E os chinelos se afastam, apressados.

— Que preguiça, pai do céu, que preguiça...

Esticou os braços extenuados, bocejou fundamente: Sete horas! A folhinha estava atrasada. O paletó pendia do cabide, no canto mais escuro do quarto, azul, lustroso nas costas, de tanto uso; a calça no chão caída, desleixadamente.

Era preciso trabalhar! Correu a mão pelo queixo num desalento. A barba estava crescida, mas passava. E que não passasse! Fazê-la é que não faria. Para que a gente tem barba? Para quê? Tantas inutilidades neste mundo, tantas... Barba, relógios... Para que há relógios? Marcar o tempo? Então não sabemos nós que o tempo corre? Não temos, porventura, espelhos onde vemos desgraçadamente que o tempo passa, dia sobre dia, ano após ano, e, que mais um pouco, as horas serão de outros, que as verão escoar como nós as vimos, fatais, inexoráveis, sem preferências, nem distinções? A camisa é que não tem botões. É botar o colete para não aparecer; se fizer calor, paciência. "Onde puseram as minhas meias? Joana! Ó Joana!"

Um frio matinal entra pela sacada balançando o cortinado de repes barato, onde, sobre um fundo violeta, se estampa uma loucura de pagodes e ventarolas, mandarins e crisântemos.

— Pode botar o café! berrou do banheiro já penteado, dando o lacinho na gravata-borboleta.

Joana prepara-o entre um ruído de louça na cozinha. O caixeiro gritou no portão: Olha as compras!

Pão com manteiga, tão nosso...

— Sai, mosca!

...de cada dia...

— A lavadeira vem hoje, seu Luiz. E, mãos nas cadeiras, Joana espera na porta.

...fruto difícil das nossas lutas de todos os dias...

— Ouviu, seu Luiz?

As pratinhas tiritaram na mesa da cozinha.

...tenho ainda hoje...

Lá-lá-ri-lá-lááááá!... Joana é assim alegre e canta enquanto ganha com dureza uma ajuda para o seu homem, o Manuel, que passou dois meses sem trabalho, doente no hospital. Invejou-a de longe. O timbre era estridente, a toada era de fado. Procura o esfregão, enxota o gato. — Sai daí, Mimi! — vai para o tanque com a trouxa da roupa: lá-lá-rá-lá-lá.

Que vontade sentiu de ficar para ali, perto da Joana, longe do mundo, a cantar, a cantar tudo que lhe viesse à boca, sem outra razão senão a de cantar! Talvez corresse para a praia depois, vagabundo, livre, vendo as montanhas, as ondas e as gaivotas no alto, sentindo o sol queimar-lhe a pele, respirando, libérrimo, o ar saturado de sal, feliz, leve, como se nem fosse desse mundo, fosse uma sombra alegre que encontrasse um corpo sem destino, sem nada de terrestre, sem preocupações, sem deveres, sem vexames, um homem sem tormenta!

OSCARINA

Pôs o chapéu, desceu à sua rua, em passos ligeiros, passou a farmácia, o sapateiro, o sobrado donde naquele ano tinha visto sair três enterros, e conseguiu apanhar o bonde do costume, cujo condutor, de encaracolado bigode, já o conhece e o cumprimenta como amigo.

— Que friozinho, pois não?

É português, as mãos sujíssimas, traz na cabeça, sob o boné jogado a esmo, os primeiros cabelos brancos. Certa vez falou-lhe:

— Pensei que o senhor fosse estrangeiro.

— Estrangeiro?!

Não sabia bem por quê. Mas o jeito... O senhor sabe, pois não? O jeito... Sempre com o seu livro, a ler...

Em outro dia foi confidente: a Maria e a caderneta do Banco Ultramarino. Guardava lá o seu tostão. Tinha medo, porém, que não o pudesse gozar, alquebrado que já se sentia, sujeito a umas tonteiras — e diziam-lhe que era do fígado — e uns zumbidos nos ouvidos. Mas o pior mesmo era aquela dor nos rins — aqui! mostrava — que não o largava. Fora à Beneficência consultar com o dr. Madeira, não conhece? Um velhote já? Não? Pois olhe que é muito conhecido. Pusera-o de dieta o doutor. Nada de vinhos e coisas pesadas, só canjiquinha e legumes — coisas leves, compreende? Mas não tivera melhoras. Enfim Deus é grande. Puxava a tabela, conferia: tem trinta e oito no carro.

NA TORMENTA

A manhã é áspera e friorenta, gente pouca e agasalhada, casas ainda fechadas, embranquece as ruas uma névoa que um sol fraco e medroso tenta romper. O jornaleiro salta nos balaústres. As colegiais riem; a menina triste abre a pasta, mostra os mapas apontando com o dedo raquítico. Já fora assim, débil, colava-se às paredes, tímido que era, tremia ante o vulto monstruoso do professor de latim, chamavam-lhe o Caniço. Tivera como aquelas meninas bondes certos para não ser punido como atrasado, homem sem complacências o porteiro, incapaz de revelar uma falta; ficava empertigado, a cara hostil, sem responder aos bons- -dias dos meninos, como um cérbero, no limiar do pesado portão de ferro, e, mal acabada de soar a sineta das dez ho- ras, ninguém mais entrava, sem que tomasse o nome para levar ao diretor. Hoje, no escritório, também tinha hora de entrada. Lá estava o ponto à sua espera. Bondes certos... Horas certas... Tudo se repetia. Menos seu Domingos. Nunca conhecera outro. Ensinava caligrafia, pintava os cabelos, morava perto do colégio, solitário, viúvo, numa casa que diziam própria (não era verdade) e que sublocava, baixa, antiquíssima, com quatro estatuetas de porcelana no alto da fachada, representando as estações do ano.

— Burro! Seu grande burro! Pegava-lhe no caderno, mostrava-o à classe como exemplo — estão vendo? — do que não devia ser imitado e descompunha-o: "Isto é coisa que me traga! Então eu já não ensinei como se faz um talhe gótico?

OSCARINA

Responda: eu já não ensinei?" Afirmava que sim, sufocado, os soluços espremidos na garganta. Ele afetava, tirando os óculos e limpando-os no lenço de cambraia, uma benevolente piedade: "Nunca passarás do que és. Porque teu pai não te tira do colégio? Olha que é dinheiro posto fora. Estupidamente." A turma olhava-o, os que estavam mais longe chegavam a ficar de pé, lágrimas dançavam nas suas pestanas.

As pequenas desceram. O anúncio convida, mas ele não tinha tosse, tinha vontade de fumar.

Remexeu os bolsos. Acabaram-se os cigarros. Procurou, sem razão, os fósforos. Também não os tinha. Bonito! "Se ainda ao menos lhe sobrasse a esperança!" Espantou-se: esperança de quê? Positivamente...

— Positivamente esta situação é um beco sem saída.

Quem fala é seu Barbosa, um companheiro de bonde: Fala e explica:

— Porque, convenhamos, como poderei arranjar doze contos assim de uma hora para outra, eu — está ouvindo? — para levantar a hipoteca?

O amigo sacudiu os ombros e seu Barbosa não atinava:

— Como? Vê se dá uma ideia, homem!

Infelizmente seu Almeida não tinha nenhuma ideia, limitava-se a sacudir os ombros e a rosnar: É o diabo, Barbosa, é o diabo!

E é um grande amigo e magro, um princípio de calvície, o olhar cavado, um amigo para as ocasiões. Basta lembrar a sua dedicação quando o Barbosa quebrou a perna no largo de São Francisco. Noites a fio e ele firme à cabeceira do compadre, porque o pessoal de casa estava escavacado:

— Onde é que está doendo? Vê se dorme um pouco. Então cochila. Olha, vou apagar a luz... Não pense nisso, Barbosa, coragem, há dores piores, e citava uma porção delas, consolativas. Madame Barbosa por trás apoiava.

E nem uma ideia. Um martírio, sim senhor. Remexia-se todo no banco: eu não tenho... É de desesperar uma criatura. Mas seu Barbosa é calmo, vagueia o olhar pelos passageiros, demora-se mais na viúva — boa mulher! —, espera que brote uma solução:

— Como é? como é?

Como é? como é? O senhor não se resolve? Luiz tem vontade de interpelar, agressivo, o empregado de banco, que há nove meses o irrita namorando a empregadinha de escritório, sempre com um costume cinza, loira, olhos azuis, tão azuis, sem se definir. Não desconfia, o estúpido, que mundo promete aqueles olhos azuis: tantos filhos, uma grande sinceridade, sacrifícios e privações pelo ideal duma casinha a prestações no Grajaú.

Haveria algum dia de encontrar uma criatura assim, que tomasse conta da sua vida, consertando-lhe as ambições e as camisas, num carinho solícito e sincero? Loira? Se fosse morena... Loira, que importava? Se ele a encontrasse!... Que novo rumo tomaria a sua existência solitária, que novos horizontes rasgar-se-iam na sua frente, talvez uma desejada tranquilidade viesse ser a base dos seus dias.

OSCARINA

Seria numa esquina o primeiro encontro. Estaria no meio de outros homens, muitos homens, ela, porém, só notaria a ele. Admirá-lo-ia na sua timidez, no seu acanhamento ante as moças que lhe passavam diante dos olhos, no moreno pálido da sua face, no seu ar sofredor, na atenção com que lia o romance, marcando-lhe os trechos a lápis. Tomariam o mesmo ônibus, sentar-se-iam no mesmo banco. Como o balanço do veículo proibisse a leitura, fecharia o volume, observaria o estado do tempo — vai chover —, ficaria vendo as árvores passarem, as árvores e os postes, homens e automóveis, rapidamente se sucedendo. Distrairia o olhar pelos passageiros. Só então a notaria, de branco, um vestido simples de linho, o chapéu também branco, sem enfeites, nem artifícios: os lábios não teriam quase *rouge*, um toque apenas, quase imperceptível. O nariz nada tinha de extraordinário, curto, levemente arrebitado, mas os olhos eram ingênuos, redondíssimos e estavam pousados nele. Sentir-se-ia atrapalhado por ver-se assim objeto dum olhar feminino, mas acabaria por se encontrar com ele, furtivo, como, por acaso, o maior número de vezes. Trazia uma pequenina cicatriz no queixo. Onde teria se ferido? Talvez em criança, travessa que teria sido, os olhos não negavam... Mas, como? Onde? E os dedos, como eram gordos, como amassavam a carteira vermelha! Linda! Linda!, repetia. Linda como uma artista de cinema! Se a viagem fosse

NA TORMENTA

maior teria se declarado, mas era pequena e ela ainda saltou muito antes. Perseguiu-a ousadamente com os olhos, virando o corpo, quando o ônibus se pôs novamente em movimento, e viu-a atravessar o jardim, deitando-lhe, sorrateira, os olhos provocantes, por baixo das abas do chapéu, que lhe sombreavam demasiadamente o rosto.

No outro dia buscou-a no mesmo ponto, esquina turbulenta, fervilhante de povo. Ela parecia que já o esperava, procurando-o no meio da multidão, com a mesma toalete da véspera. Talvez tivesse perdido, propositalmente, alguns ônibus, na esperança de vê-lo. Ele que já não lia, olhou-a demoradamente. De novo lado a lado no último banco. A uma volta mais rápida do auto, exagerou esforços para não vergar sobre ela. Bateu a mão no chapéu:

— Perdão.

— Estes choferes... sussurrou ela, balançando a cabeça negativamente, dum modo graciosíssimo.

Depois dos choferes falaram dos motorneiros. Ela gostava mais de andar de bonde, mas como saía tarde do escritório...

— Também trabalha?

— Sim. Era datilógrafa da Indian Company. Compreende: papai é doente e está aposentado. A pensão que recebe é muito pouco — não sei se o senhor sabe? — e somos seis irmãos, eu a mais velha.

— Mais velha?

— Sim.

— Menos nova...

— Ah!

No sábado marcariam um encontro num cinema. A fita com um enredo semelhante ao encontro deles — as profissões então eram iguais — serviu-lhes de pretexto para promessas recíprocas. O fim, o casamento, o beijo inevitável, cimentaram-lhes os sonhos. Casar-se-iam em maio. Maio ou dezembro? Maio mesmo. A felicidade não tem mês certo. Teriam dois filhos. O primeiro seria um menino, parecido com ele, chamar-se-ia...

— Dá licença?

Sobressaltou-se:

— Pois não, minha senhora! Desculpe-me!

A senhora sentou-se ao seu lado, alta, de verde, carrancuda e feia. Abriu logo a carteira para pagar a passagem. Eram cinco no banco. Sentiu-se esquerdo. O perfume da mulher o transtornara mais: Que raio de perfume tão forte era aquele! Que diriam os outros? "Esse sujeito parece que ainda está dormindo!" Lembrou-se que poderia ter falado alto no meio do seu sonho. Que vergonha! Tomá-lo-iam por maluco na certa. Olhou-os de revés: cada um entretido com qualquer coisa, lendo, fumando, não demonstravam ter presenciado nada de menos de natural. Ainda bem, que era ridículo ser apanhado a falar sozinho. Já que não falava nos seus devaneios poderia continuar. Boa distração a gente sonhar, construir castelos, arquitetar episódios romanescos. Espécie de cinema, em que a gente é o ator principal representando somente cenas que bem nos convém, papéis de herói, de vitorioso no último ato, entre palmas, dinheiro, glória e amor! Quis continuar, mas foi impossível, mil pequenos acidentes, aqui um homem que tomou o bonde em movimento, ali uma buzina de automóvel, mais acolá uma carroça que não quis sair da frente e o motorneiro não se cansa de bater a campainha e descompor, desviavam-lhe a atenção, não conseguiu se integrar na sua deliciosa aventura. Teve raiva da mulher que a cortara estupidamente, querendo sentar-se a seu lado, quando havia tanto lugar vazio na frente. Teve-lhe ódio, desejos mal contidos de estrangulá-la.

O bonde, indiferente, aos solavancos, sacoleja seu desespero surdo, atira-o, nas curvas, contra a tímida mocinha que lê, e que, humana, acha natural estas colisões entre passageiros de bonde e não o repele, afastando-se melindrada como tantas. "Não me repele! Quem é você? Se me olhasse de frente, talvez pudesse compreender num relance. Acabar-se-ia a tortura de procurar nos semblantes que me cercam a compreensão amiga do meu ser difícil, feito de tanta coisa banal e contraditória. Talvez que brotasse no seu coração bem formado e virgem a admiração pelas minhas qualidades, que passam despercebidas aos olhos comuns de tão simples que são, tão humildes e modestas qualidades que qualquer defeito maior com facilidade as esconde."

Não o olha, porém, só não foge aos esbarrões, o enredo do romance prende-a sinceramente. Quem é? Não sabe. Não se atreve. Contempla-a apenas. Vê que é pálida e se oculta no vasto manto de casimira, tímida e morena.

Os esguichos mecânicos regam duma poeira d'água delicada e útil os grandes canteiros rasos no jardim da Glória.

Seu desespero cresce. Sai do seu coração, cai no jardim, se perde pelas coisas, se mistura com a névoa que esconde o outeiro.

Surgiram os arranha-céus úmidos da chuva noturna. Nem parecia luz, de tão fraca, a claridade que se escoava do céu naquele instante. Subiu os trinta degraus humildemente. Através das escrivaninhas desertas o Lucas, assobiando, ia espanando o pó.

Quatro horas depois seria o almoço. Telefonaria para a leiteria, pedindo o favor de chamar uma pessoa no 15, perguntaria sem esperança: "Como vai titia?" Responderiam como sempre: "Na mesma". Voltando do almoço outras quatro horas e teria que agradecer ao céu o sustento de mais um dia. No bonde da vinda os companheiros seriam outros. O nervoso que comprava quatro jornais, o que falava alto explicativo, presunçoso, procurando nos olhos dos outros admiração para a sua escolhida dialética, o que não lia, não fumava, não via nada, ia para casa apenas...

FELICIDADE

OLHOU PARA O CÉU, certificando-se que não ia chover.

— Passa já pra dentro, Jaú. Olha a carrocinha!

Jaú, costelas à mostra e rabinho impertinente, continuou impassível a se espichar ao sol, num desrespeito sem nome à sua dona e numa ignorância santa das perseguições municipais.

Clarete também teve o bom senso de não insistir, o que aliás era uma das suas mais evidentes qualidades. Carregou mais uma vez a boina escarlate sobre o olhar cinemático, bateu a porta com força — té logo, mamãe! — e desceu apressada, sob um sol de rachar pedras, a extensa ladeira para apanhar o bonde, pois tinha de estar às oito e meia, sob pena de repreensão, na estação sul da Cia. Telefônica.

No bonde, afinal, tirou da bolsa o reloginho pulseira e deu-lhe corda. Era um bom relógio aquele. Também, era Longines, e no rádio do vizinho que se mudara, um sujeito mal encarado, ouvira sempre dizer que era o relógio mais afamado do mundo inteiro. Fora presente de seu Rosas quando ela morava na avenida. E, à falta de outra coisa, foi remexendo o seu passado pequenino com a lembrança do seu Rosas.

Rosas. Que nome! Não lhe entrava na cabeça que uma pessoa pudesse se chamar Rosas. Nem Rosas, nem Flores. Que esquisitice, já se viu?

Arregalou os olhos fotogênicos:

— Que amor!

Uma senhora ocupava o banco da frente, com um chapéu, rico, de feltro, enterrado até as sobrancelhas.

O solavanco da curva não a deixou ter inveja. Calculou o preço, assim por alto: cento e poucos mil-réis, no mínimo. Quase seu ordenado. Quase... E sem querer voltou a seu Rosas.

Fora ele quem lhe dera aquele reloginho. A mãe torcera o nariz, nada, porém, dissera. Devia contudo ter pensado dela coisas bem feias. Clarete sorriu. O rapaz da ponta, com o *Rio Esportivo* aberto nas mãos e os olhos pregados nela, sorriu também. Clarete arrumou-lhe em cima um olhar que queria dizer: idiota! e o rapaz zureta afundou os

FELICIDADE

óculos de tartaruga na entrevista do beque carioca sobre o jogo contra os paulistas.

Uma noite seu Rosas não veio conversar com ela. Noutra noite também. E mais outra, atrás de outras, uma semana, duas, um mês. Ela, enquanto ajudava a mãe no arranjo da casa, pensava: por que será que ele não vem? Olhava para o São José, que era uma das devoções da sua mãe, e ele não respondia. Na folhinha de parede, boas-festas do açougue de seu Gonçalves, um cromo complicado, borboletas esvoaçavam sobre flores que pareciam orquídeas. Já tinha lido um soneto no *Jornal das Moças* em que o poeta chamava as borboletas de levianas. Seu Rosas era borboleta também. Borboleta?! Não. Ora, que bobagem! Seu Rosas era seu Rosas mesmo. Ria. Batiam sete horas no relógio da vizinha, que era muito intrigante. Ela se aprontava e corria para o portão na noite mal iluminada. Seu Rosas nada. Aborreceu-se.

— Aquele mocorongo...

Ficava pensativa, perguntando a si mesma: por que razão seu Rosas levara aquele sumiço?

Acabou por se desesperar:

— Pois que se dane o tal de seu Rosas! Não aparece, não dá notícias, talvez nem se lembre mais de mim, e eu aqui feito uma boba só pensando nele! Que leve o diabo! Morreu, pronto, está acabado! Não se fala mais nisso.

Aquela saída para o desaparecimento de seu Rosas entrou-lhe na cabeça como um sol.

— É mesmo. Devia ter morrido. Senão...

Engraçado é que não sentia tristeza alguma, achava até muito natural que ele morresse. Já estava velho... Tinha uns cabelos brancos aqui e ali, rugas sulcando-lhe a face. Ora, seu Rosas!... Recordava-se perfeitamente do dia em que lhe dera o reloginho. Viera de azul-marinho, uma roupa nova, e muito bem barbeado.

— Bom dia, Clarete.

Tinha a voz muito meiga:

— Felicidade, muitas felicidades — ouviu? — pelo dia dos seus anos. Você não repare a pequena lembrança que...

Praia de Botafogo. Meu Deus! Pendurou-se nervosamente na campainha, saltou e atravessou a rua sob o olhar perseguidor da rapaziada que ia no bonde.

Houve tempo em que Clarete se chamava simplesmente Clara. Tinha, então, os cabelos compridos, pestanas sem rímel, sobrancelhas cerradas, uma magreza de menina que ajuda a mãe na vida difícil e um desejo indisfarçável de acabar com as sardas que pintalgavam-lhe as faces e punham no seu narizinho arrebitado uma graça brejeira.

Trabalhava numa fábrica de caixas de papelão e vinha para casa às quatro e meia, quando não havia serão, doidinha de fome e rescendendo a cola de peixe.

Quando ela passava os meninos buliam na certa:

— Ovo de tico-tico! Ovo de tico-tico!

Ela arredondava-lhes um palavrãozinho que aprendera na fábrica com a Santinha e continuava a subir a ladeira comprida, rebolando, provocante. Os meninos riam e chupavam o nome feio como se fosse um caramelo.

Trocavam reminiscências:

— Vocês se lembram quando ela usava aquele vestido roxinho? Quando o vento deu, eu vi as pernas dela até aqui, e mostravam.

Verdade é que eles a chamavam de ovo de tico-tico menos pelas sardas que por despeito. Ela não dava confiança a nenhum — vê lá!... — e no coração deles andava uma loucura por Clarete.

Ai! se ela quisesse!... suspiravam todos intimamente. Ela, porém, não queria, estava mais que visto. E eles ficavam se regalando amoravelmente com o palavrãozinho jogado assim num desprezo superior, pela boca minúscula que todas as noites aparecia, tentadoramente se ofertando nos seus sonhos juvenis.

Aos domingos, quando não tinha serviço extraordinário, ia almoçar no palacete da madrinha, madame Oliveira, muito rica, mas que muito somítica, a não ser conselhos, só lhe dava uns mil-réis, muito chorados, para ela se divertir. Sua diversão era o cinema, a matinê barulhenta do Guanabara. Ria moderadamente nas fitas cômicas, chorava sentidamente pelas desgraças das estreitas e entusiasmava-se com as peripécias das fitas em séries, aos gritos de "entra, mocinho!" fartamente soltados pela meninada, amante de tiros, murros e bandidos.

Depois com o uso meticuloso do Bylbet-Cream, de que lera anúncios coloridos em revistas emprestadas, conseguiu se ver livre da metade justa das sardas, o que a tornou bem mais interessante, pois as poucas que lhe ficaram punham-lhe no rosto uma vontade garota de beijos repetidos e complicados. Foi quando começou a exigir que a chamassem de Clarinha. Pintava os lábios com displicência, sonhava ser artista, imaginando uma vida gostosíssima em Hollywood, junto com a Colleen Moore, a Billie Dove e o Douglas. Apaixonou-se pelo Eugene O'Brien, saiu da fábrica, foi ser telefonista, tirou o segundo lugar no concurso de beleza do bairro. Daí, irremediavelmente, Clarete.

Estudava poses até de esperar o bonde, virando e re-virando a sombrinha. Cabelo sempre cortado pela última moda. Duas horas para o arranjo irrepreensível da toalete; não dava, do que ganhava, um tostão à mãe; gastava tudo em vestidos colantes que os seios pequeninos e duros fura-vam agressivamente, em chapéus e meias de seda, através das quais desnudavam-se as suas pernas, irrequietas e sensuais.

O Cazuza apareceu-lhe como aparecem todas as coisas desse mundo. A intimidade foi rápida, que ele se soube fazer insinuante. Passeavam pela praia de Botafogo quando ela saía do trabalho e vinham para casa juntos. Dançavam, apertadinhos, no Lido, pinhado de gente suarenta e diver-tida, pelas noites de verão.

Clarete, perdida pelos diminutivos, chamava-o de Cazuzinha, e ele, perdido por Clarete, pouco se incomodava que o chamassem assim ou assado.

Na estação telefônica, mister Shaw, que era o subdiretor e não falava com ninguém, perguntou secamente à telefonista-chefe quem era aquela. Dona Zulmira queimou--se com a secura, mas respondeu:

— É a Clarete.

Mister Shaw nem agradeceu. Caiu na sua meditação habitual, aliás profundíssima meditação como depois se verá, e afundando-se na sua poltrona sufocou o gabinete da subdiretoria com a fumaça *navycut* do seu cachimbo de nogueira.

Todas as tardes mister Shaw, no seu caríssimo Packard, acompanhava o bonde em que ia Clarete com o Cazuza. Ela, às vezes, reparava e invocava com o chofer, que era japonês.

Duas vezes por semana Clarete trabalhava até as dez horas da noite. Cazuza a esperava encostado num poste, assobiando a "Malandrinha" numa atitude cafajeste.

— Eu tenho um medo, meu bem, de subir esta ladeira no escuro... dizia ela brincando.

Cazuzinha, que era meio tapado, fazia a voz adocicada para repreendâ-la:

— Ora, neguinha, que besteira!... Então eu não estou aqui?...

— Os seus beijos me dão coragem, sabe? ria.

OSCARINA

Iam subindo a escuridão.

Quando a deixava, acendia um cigarro para se acalmar. Limpava com o lenço de seda, surrupiado da irmã, a boca toda avermelhada pelo batom dela, Coty, tipo baunilha, e vinha preparando vantagens para contar na roda do café Glória do Sul. Ao chegar cá em baixo o Packard de mister Shaw, que o esperava pacientemente, arrancava silencioso. Cazuza não via e ia a pé para o café, que era perto, onde a turma o esperava, tomar a sua média para refortalecer, dizia. Mostrava rindo o lenço todo sujo e para os camaradas lubricamente atentos afirmava que Clarete...

Clarete, nua defronte do espelho, dançava o *charleston*, mas dava-lhe uma tristeza repentina, e, se afundando nos lençóis, tinha algumas crises de choro. No outro dia acordava de olheiras e queixava-se à mãe que naquela noite não pudera dormir com uma dor de dentes cachorra. Dona Carolina olhava-a fixamente, suspirava e não dizia nada.

Uma noite — estava chovendo e vinham abraçados sob o único guarda-chuva — o Cazuzinha, corajoso, segredou-lhe qualquer proposta ao ouvido. Clarete pulou dos braços dele.

— Você é besta, Cazuzinha? Você pensa que eu sou alguma idiota?

Ele parece que pensava.

No outro dia foi chamada ao gabinete do subdiretor.

— Que diabo quererá de mim este bife?... Enfim...

FELICIDADE

Consultou o espelhinho. Ajeitou o cabelo e foi. Os tapetes caros silenciaram o tique-taque datilográfico dos seus passinhos miúdos.

Mister Shaw foi britanicamente ao assunto. Falou-lhe claramente, simplificando o mais que era possível as suas ideias. Que era rico — ela já sabia — e gostava dela. Aí ela ficou surpreendida. Gostava muito. Muito? *Yess.* Queria casar com ela. Amparou-se na secretária: comigo? Ele continuou: mas que era preciso ter juízo, e batia, compassadamente, palmadinhas sonoras na testa. Era preciso que ela deixasse de assanhamentos. Mister Shaw, que vinte anos de Brasil não fizeram falar decentemente o português, não dizia assanhamento: dizia outra coisa qualquer que não se parecia absolutamente. Mas Clarete compreendeu tudo às mil maravilhas. Pesou ali mesmo os inconvenientes e as conveniências: madame Shaw, dezoito anos, uma casa alinhadíssima, um passeiozinho pelos Estados Unidos...

Chegou em casa e pôs as mãos na cintura:

— Sabe duma coisa?

Dona Carolina não sabia de nada.

— Vou me casar!

Dona Carolina não desmaiou porque era mulher forte e já acostumada a todas as loucuras da filha e da vida.

Casou-se um mês depois, numa igreja protestante, sob uma chuva de arroz. Mister Shaw pediu oito dias de licença, mas como era comodista não saiu do Rio. Foi fazer a sua lua de mel, num apartamento do Glória, com diária de duzentos mil-réis. Clarete, que fez um mundo de extraordinários, como o mister pôde ver ao pagar a sua conta, proporcionou-lhe, todavia, agradáveis momentos. Pelo menos foi o que disse em inglês à mister Brayller que era colega, na subdiretoria, bem entendido. Clarete, com a manicura francesa pendurada nos seus dedos a quinze mil-reis por hora, jurou que nunca haveria de traí-lo, a não ser que o Eugene O'Brien... Mas isso era outra coisa...

Rasgou uns retratinhos do Cazuza que encontrou no meio de velhas bugigangas, frequenta quase diariamente o Country Clube, onde joga tênis razoavelmente mal, dança muito, fuma cigarros Camel, finge que lê o *Times* — seção para damas — e recebe, nas bochechas do marido, os galanteios dum amigo dele, um outro mister, mais loiro, mais moço e mais imbecil.

Visita a mãe, de quando em quando, levando frutas, conversando sobre a sorte infeliz das ex-vizinhas — uma casada com o Pedro da padaria — gastando muitos "*yess*" pelos quais está mais perdida que pelos diminutivos, e acha, agora, a cara do chofer japonês muito menos invocante.

HISTÓRIA DE ABELHA

Parecia uma abelha. Era possível que não fosse, tão complicada e vária é a bicharada do Senhor. A cor, na verdade, não tinha nenhuma semelhança com a das abelhas mais originais que conhecera, um castanho--escuro, carregado, esclarecendo um pouco para o ferrão amarelo, de um tom vivo e agressivo. E as listras? Sim, não esqueçamos as listras pretas, grossas, pelo corpo como anéis. Enfim, não é coisa incrível haver abelhas extravagantes. Esta bem o poderia ser. Mas o tamanho? Convenhamos que era do tamanho de um dedo, não digo que um grande dedo rude de trabalhador, mas um dedo pequenino, gentil, digamos logo, um dedo de mulher, o que não deixa de ser porte de sobra para uma abelha. Nada disso importa. Haverá quem negue neste mundo a existência de abelhas descomunais? As da Birmânia, dizem os viajantes que por lá exoticamente andaram, são monstruosas. E não seria porventura esta uma abelha da Birmânia (possivelmente até da Transcaucásia onde as há também, já ouvi falar), uma abelha monstro, rara, excepcional, que só aparece por vezes?

Uma abelha, pois, o meu bicho, o dia era domingo, pela manhã, pouco passava das nove horas e eu ia para o banho de mar.

Acordara mal. Pior é que dormira também mal, não saindo dos meus sonhos o fracasso dos meus negócios no sábado. É preciso acentuar aqui que eu vivo do que me dá o impingir no comércio varejista uma quantidade razoável de objetos, os mais diversos. Como se vê isto é um circunlóquio, maneira floreada de me definir: sou um vendedor a comissão.

A minha venda falhara. Quem não vende não ganha, diz sempre, repleto de lógica, para entusiasmar a mim e a meus colegas, o chefe da seção, exuberante e palavroso, que tem para o objeto mais mesquinho uma série de argumentos tão fortes e persuasivos que deixam uma pessoa sinceramente admirada. Como é um pouco vaidoso da sua prenda, faz de vez em quando uma demonstração

HISTÓRIA DE ABELHA

do seu método, para melhor aprendermos como se vence convenientemente a oposição de um freguês, que por qualquer particular razão dá a sua preferência, e tem nas suas prateleiras um artigo concorrente. A meticulosa exposição termina invariavelmente com uma frase clássica, que tem um sabor pretensioso de infalibilidade: "Meus senhores, o freguês nunca tem razão." E eu não ganhara. Meu freguês era cabeçudo, espécie que meu insinuante chefe — três contos por mês, ali na batata! — logicamente ignorava quanto elaborou a frase-axioma, base de todo um profundo sistema de colocar produtos no mercado. Em tempo, delicadamente, haverei de pô-lo ao corrente dessa exceção do gênero freguês, fruto modesto de minha prática cotidiana. Agora só me resta lastimar o fato de não ter fechado o negócio, contando na certa o que é dez mil vezes mais horrível. Seria regular maquia os vinte por cento, o mês está por dias e as contas não tardarão a vir, da padaria, do armazém, do açougue e da farmácia. Não falei do senhorio, quase fatal em enumerações dessa ordem, nem falo, pois ele que é um bom homem, um tanto sovina, vá, com uns modos ríspidos mesmo a lidar com senhoras, não nego, mas um bom sujeito em suma, disse-me quando fui tratar a casa onde moro: "Não é por desconfiança", e cofiava a barba rala que usa comprida por espírito de economia, "é por costume, mas só recebo os meus aluguéis três meses adiantados." Ando no meio de um de seus precavidos e descansados trimestres.

Acordei mal, repito. O café me pareceu requentado, o cigarro se encheu de sarro às primeiras tragadas. Acredito que fosse fresco o café e ótimo o cigarro, o meu velho cigarro de todo dia, barato é certo, mas cujo sabor não troco pelos mais caros e finos que houver, e que, é interessante acrescentar, mais que o seu sabor me prende a sua caixinha dum escarlate e duns desenhos que me encantam singularmente. Era a boca na certa, uma boca amargosa...

Peguei o jornal. Comecei pela última página, que são notícias de última hora.

— O quê?

Li outra vez. Não se enganaram os meus olhos. Morrera o Esteves, atropelado, na véspera, por um automóvel, quando atravessava a rua Visconde de Itaúna. O jornal diminuía a sua idade, a autópsia tinha sido feita (fratura da base do crânio), o enterro estava marcado para as cinco horas, saindo da residência. Quando seria a missa?, foi o que primeiro me ocorreu. Devia favores ao Esteves. Era um esquisitão o diabo do homem, magro, muito alto, escalavrado, uma perfeita tocha, e trazia quer fizesse sol ou chuva um eterno cachenê preto à volta do pescoço, tão descarnado que punha as cordoveias a descoberto. Morava com a família, era solteiro (casamento é muito bom, mas não foi feito pra este seu criado, dizia), já ia para os quarenta,

HISTÓRIA DE ABELHA

com um começo de asma e à sua casa ficava para os lados do Andaraí. Quando seria? Contava os dias: morreu ontem, 7, hoje, 8, segunda, 9, terça… seria no dia 13. Mas em que igreja? Se fosse na zona dele, era uma espiga, porque seria ir de um polo a outro. Ao enterro é que não iria, estava visto. Saberia me desculpar junto aos parentes, principalmente junto à Elisinha, uma pequena bonitinha, trefega, gaiata, que nem parecia irmã do Esteves: compreendem, domingo como não trabalho não leio os jornais. E explicava: só leio no bonde quando vou para o escritório, pois não tenho outro tempo. Assim…

Assim… assim… o diabo é que a missa seria em dia útil. Manhã perdida. Poucas vendas. Era preciso forçar a freguesia, correr os subúrbios, dar uma repasso nas lojas de Madureira, ver se desencantava um tal de seu Arlindo que prometera, de pedra e cal, pagar as duplicatas vencidas do Pirelli, um caloteiro que lhe passara a casa. Não há por onde escapar: não iria ao cinema ver a Greta Garbo, o domingo é que seria perdido e toca a acompanhar o Esteves, estava casando dinheiro como para o Caju. E se não fosse? Que sofreria com isso? Pelo contrário ganharia que a fita era muito falada. O Antunes tinha elogiado: uma beleza! O Antunes era uma besta! Mas o Gomes, sim o Gomes era um rapaz inteligente e tinha gostado, especialmente do pedaço em que ela mata o marido com um tiro, "um troço muito bem arranjado", afirmara.

OSCARINA

Lembrei-me do Esteves, da última vez que o procurei no escritório, muito sujo, muito escuro, num terceiro andar da rua Ledo. Andava com uma grande aflição no peito: "Parece uma garra, menino, mas é sífilis da boa." A escada era lúgubre, quase ia caindo, mas como me atendera prontamente: "Aqui estou sempre, meu filho, é só pedir. Você manda."

Devia-lhe realmente muitas obrigações, imensos favores. A questão do fornecimento para a fábrica Estrela, a encrenca com o Paula, da firma Paula Sobrinho & Cia., que dera sumiço às notas de entrega e jurara que não tinha recebido a mercadoria. Tudo ele solucionara com jeito e presteza sem receber um tostão. E quando perguntei quanto lhe devia deu-me uma palmada protetora nas costas: "Ora, Antunes (eu me chamo Antunes), e você a pensar nisto. Vai com Deus, rapaz, e quando precisar..." e tirava pigarros ásperos do fundo da garganta escangalhada pelo fumo. No entanto a Greta... Está decidido: vou! Mas que tinha de fazer o Esteves na rua Visconde de Itaúna às onze horas da noite? Olha que ele já não era nenhuma criança. Ia para os cinquenta. Bem possível que já estivesse lá.

Na página dos esportes, recheada de clichês e entrevistas, a recapitulação da derrota da equipe brasileira no Uruguai foi-me infinitamente desagradável. As minúcias dos telegramas eram dolorosas, feriam. A história de justificar

HISTÓRIA DE ABELHA

o fracasso com o frio — não sei quantos graus abaixo de zero — podia ser cabível, mas não me consolava. Fossem para o inferno! Perder por perder todo o mundo perde, mas agora é que não podia ser. Os paulistas tinham negado o seu auxílio, não enviando seus jogadores, após uma série de encrencas. Fizemos mil sacrifícios, selecionamos uns tantos rapazes, fomos e logo no primeiro jogo somos batidos. Positivamente não há castigo. Outro cigarro. Onde é que puseram meus fósforos? Estavam bem na ponta do nariz, na mesinha de cabeceira, em cima de mais um livro de Menotti, o último, imitando os romances de Wells, *A República 3.000*, sem favor, o pior livro do mundo.

As notícias policiais não conseguiram me alegrar. Otários e vigaristas teimavam em não se encontrar. A zona estragada não fornecia nada, numa paz absoluta. A expulsão do cáften era banalíssima, sem pormenores que interessassem. O incêndio premeditado tinha sido apagado há tempo pelos bombeiros. Passei-me para a terceira página. Aí, o humorista, cada vez mais trágico, tentava ironizar o atraso dos vencimentos na Prefeitura. Ora bolas!... Nem quis saber das páginas restantes; atirei longe o jornal e pensei num banho de mar — está aí, boa ideia.

A ideia era boa, a manhã é que estava feia, mas aventurei. Fui andando. Os alemães iam na minha frente, conversando, dando risadas, poucos gestos. Passaram pelo muro de pedra e não viram nada. Como são as coisas nesta vida! Eu passei e vi a abelha. A abelha não estava no muro, estava na calçada, pernas para o ar, se agitando incessantemente na ânsia de se levantar. Esforço inútil. Naturalmente tem uma asa quebrada, pode ser que as duas, por algum golpe malvado de toalha, que é a maneira mais usual de se matar abelhas, pensei, passando adiante, depois de ter observado convenientemente o seu tamanho, a sua cor e as suas listras. Os alemães tinham sumido, a criança chorava e a abelha ficou a espernear.

Não havia banho, que o mar estava de ressaca. Os banhistas do serviço de salvamento tinham, prudentemente, posto bandeiras vermelhas nos postes de observação e voltado tranquilos para as suas casas menos o Joviano, um camarada pardo, todo marcado de bexiga, com duas paixões violentas: a cachaça e o Botafogo Futebol Clube. Qual casa, qual nada. Meteu-se no tendinha: "Um duzentão dela, seu Fernandes", e cuspinhava para o lado. O homem obeso veio pesadamente do fundo e encheu-lhe o cálice rachado, que ele virou de um trago. Quem fosse maluco, que caísse n'água e morresse sozinho. Ele não tinha nada que ver com isso. "Dobra a parada, seu Fernandes! Puxa, que está friozinho, hein? É por causa do sudoeste."

A praia estava deserta, lambida pelas ondas esparramadas que vinham morrer no cais. E nada de sol, um dia tristonho, pesado de nuvens ameaçadoras, cor de chumbo, mais carregadas para o norte onde encobriam o mar, o horizonte e as ilhas.

HISTÓRIA DE ABELHA

Nem banho de mar, nem banho de sol. Positivamente naquele domingo os acontecimentos tinham se reunido para me contrariar. Então voltei. O casal de ingleses, no terreno devoluto, ensinava habilidades ao fox terrier: buscar a bola, onde está o lenço? O cachorro ia aprendendo, pulava, latia; eles, em trajes de tênis, riam e animavam: *Very good! Very good!*

O rapaz passou quase nu, um simples calção, na bicicleta. Bonita aquela barata que a moça vai guiando, mãos caídas sobre o volante, numa indiferença superior e calculada. Será Chrysler? Se fosse minha, pintava as rodas de vermelho também. O arranha-céu se construindo não dava descanso aos operários. Lá estavam eles, mesmo sendo domingo, lidando com a rangedora máquina de misturar o cimento às pedras, enchendo de concreto as grandes formas de madeira. A eletrola enchia completamente a esquina com o Sonny Boy, a história tristíssima dum menino que morre nos braços do pai, cantor de jazz, quando o ninava, mas que, apressado o compasso, é um *fox* bem divertido e bisado nos cabarés.

— Puxa! Você ainda está aí? cheguei a perguntar, estacando.

Era a abelha, a minha abelha, que não se livrara ainda e que, tenaz, sem desanimar, continuava a se debater. Já tinha mesmo, de tanto se mexer, mudado de lugar, mas de virar a barriga é que nada.

OSCARINA

Apiedei-me: pobre coitada! Catei um fósforo na sarjeta, passei-o cuidadosamente por baixo da abelha e voltei-a para cima. Ela não voou logo; andou um palmo, se tanto, para a sua frente, como a se experimentar. Depois foi rápida e feroz. Levantou-se num voo decidido à altura do muro, desceu quase raspando o chão, alteou-se novamente, rodou à volta da minha cabeça umas duas vezes e num bote certeiro caiu sobre a minha mão, ainda com o fósforo entre os dedos, e me pregou uma ferroada terrível.

Dei um grito e com um safanão furioso atirei-a longe. A moça que estava defronte, na sacada, riu. Entrou um instante e chamou a irmã. A irmã era loira e estava de bege. A moça era morena. Talvez fosse uma amiguinha. Não: era irmã, sim. Vária e complicada é a gente do Senhor.

Apressei o passo para a casa, gemendo, ansioso por uma aliviadora compressa de amônia. Se não tivesse — bonito! —, faria um destempero dos diabos, remediando, porém, com alho pisado, receita de dona Matilde, que não tem igual efeito. A loira sumira atrás dos cortinados ricos de filé. A morena continuava a rir, um riso tão sincero que me deu raiva. Burra! Estava com o seu dia ganho, teria o que contar na praia, à tarde, às amiguinhas, na hora do *footing*, mas adulterando tudo:

— Vocês nem imaginam que caso gozado! Perguntem à Alice: não foi? Um rapaz sério — parecia sério — não é que foi bulir com um marimbondo? Já se viu!... O bicho estava

HISTÓRIA DE ABELHA

quieto, ele foi pegou num fósforo (não diria fósforo, diria pauzinho), como eu estava contando, pegou num fósforo, abaixou-se calmamente e cutucou o marimbondo. Que judiaria... E o bichinho então — qual é o dele? — avançou no moço.

— Qui-Qui-Qui.

— Ele chegou a pular de dor. Ah! Ah! Ah! Também que ideia hein? Ah! Ah! Ah! Bulir com marimbondo. A gente vê cada uma neste mundo!... E engraçado é que ele parecia um rapaz sério, alinhado...

A abelha, nunca mais a vi. Era grande, castanha, listrada de preto, notável; talvez nem fosse abelha, um marimbondo, quem sabe?

UMA SENHORA

Dona Quinota não se importava com a aspereza do ano inteiro. Com ela era ali no duro: trabalho, trabalho e mais trabalho. O ordenado das empregadas, na verdade, era uma pouca-vergonha que a polícia devia pôr um paradeiro. Não punha. Vivia metida com a maldita da política. Falta duma boa revolução!... Ah, se ela fosse homem!... Enquanto a revolução não vinha para botar a polícia nos eixos obrigando-a a endireitar as empregadas, fazia de criada: cozinhava, varria, cosia. Encerava a casa também, aos sábados, depois que disseram pelo rádio ser higiênico e muito econômico.

— Econômico? Então se encerra mesmo.

O marido, que já estava acostumado àquelas resoluções, largou no melhor pedaço o segundo volume dos *Miseráveis*, meteu sobre o pijama a gabardine cheirando a gasolina na gola e foi telefonar para a loja de ferragens, pedindo duas latas de cera — da boa, vê lá! —, chorando um abatimentozinho na escova e na palha de aço: está ouvindo, seu Fernandes?

Estava sempre para tudo, que, graças a Deus, era mulher forte. Saíra à mãe, que também o fora, morrendo velha de desastre, desastre doméstico, uma chaleira de água fervendo para o escalda-pés do marido, um coronel reformado, que lhe virou em cima do corpo.

Nunca se queixava da vida. Não ia à cidade passear, as suas compras eram em regra feitas pelo marido, precisava que a fita fosse muito falada para ela se abalar até o cinema do bairro, onde cochilava a bom cochilar; contavam-se os domingos em que ia à missa, não fazia visitas, nem recebia.

Não reclamava o trabalho que lhe davam os filhos, três desmazelados que andavam na escola pública, Élcio, Élcia e Elcina, respectivamente quinze, catorze e treze anos, o que atesta bem a força do marido e dá ideia do que seria depois de dez anos de casada, se depois da Elcina não tomasse as suas precauções.

— Não se esqueçam de dar lembranças à dona Margarida, aconselhava na hora da saída, enquanto punha nas

UMA SENHORA

bolsas as bananas e o pão com manteiga da merenda. Dona Margarida fora sua amiga no colégio das Irmãs, uma bicha no francês, cearense, um talento! Mandar lembranças para ela equivalia a dizer: Olha que são meus filhos, Margarida; os filhos da tua amiga Quinota...

E os exames estavam perto, com prêmios de cadernetas da Caixa Econômica dados pelo prefeito, ridicularizados pelos jornais oposicionistas elogiados pelos do governo — a *Folha* dizia que era um gesto de mecenas — mas enfim fartamente anunciados em todos os jornais para incentivo da meninada estudiosa. Ela queria ser mordida por um macaco se não arranjasse três cadernetas para casa. Os filhos é que não faziam fé.

Bordava para fora, cuidava do Joly, o bichano para sujar a casa era um desespero, e sobrava tempo ainda para ter ciúmes do marido com as vizinhas, principalmente dona Consuelo, uma descarada, é certo, mas muito chique, confessava.

Chegando o Carnaval tirava a forra.

As economias acumuladas saíam do Banco Popular junto com os juros. Não ficava nada. Metia-se numa fantasia de baiana e inundava a capota do automóvel com seus oitenta e cinco quilos honestíssimos. As meninas iam de baianas também, menos saias, mais berloques e o menino de pierrô, cada ano de uma cor, porque não é para outra coisa que o dono do Tintol gasta aquele dinheirão em anúncios. Tirava do cabide a casaca do casamento, dezesseis anos, por isso (como o tempo corre!) dava um jeito nas manchas:

— No automóvel ninguém repara, meu filho, dizia com um sorriso, ora para a casaca, ora para o marido, que se traduzia: lembra-te?

Ele, então, com uma faixa vermelha na cintura, brincos, em forma de argola, pendentes das orelhas demasiadas, enfiava na cabeça um turbante de seda branca com pérolas em profusão e ia em pé, no carro, de rajá diplomata.

No terceiro dia, graças a Deus não choveu em nenhum dos três, perguntava para o marido:

— Quanto temos ainda?

Ele remexia a carteira (bolso de casaca é o tipo da coisa encrencada), fura-bolos trabalhava passado na língua e cantava a quantia:

— Duzentos e oitenta.

— E os oitocentos do automóvel?

— Já estão fora.

— Ah! bem...

Para fazer contas no ar era um assombro:

— ...pode gastar mais cento e cinquenta.

O resto ficava para gastar depois do Carnaval — mas entrava na verba dele com o fígado do marido, porque depois da pândega (a experiência de dona Quinota é que falava), seu Juca tinha rebordosas, vômitos biliosos, uma dor do lado danada, de tanta canseira, tanta serpentina e tanta cerveja gelada.

Não faz mal. Não fazia, não. A vida era aquilo mesmo: três dias, falava. Mas pensava: por ano. Podia dizer, mas não dizia. Deixava ficar lá dentro. O "lá dentro" de dona Quinota era uma coisa complicada, complicadíssima, que ninguém compreendia. Só ela mesma e o marido às vezes.

Desciam do automóvel à porta de casa quando o vizinho veio vindo com o rancho da filharada.

— Brincaram muito? — fez seu Adalberto com um jeito de despeitado.

— Assim, assim...

Dona Quinota dizia aquele "assim-assim" de propósito. Que lhe importava os outros saberem se ela tinha gozado ou não? Quem gozava era ela. Mas gostava de ficar deliciando-se por dentro com a inveja dos vizinhos: assim, assim... Ah! Ah! Ah!

Seu Adalberto exultava:

— É isso mesmo. Fazem-se despesas enormes (e dona Quinota sorria) e não se diverte nada. (Dona Quinota olhava para o céu.) É sempre assim. Pois olhe: nós fomos a pé mesmo. Estivemos ali na avenida na esquina do Derby, apreciamos o baile do Clube Naval, muita fantasia rica, muita, vimos perfeitamente as sociedades, tomamos refrescos, brincamos a grande. Não foi?

As mocinhas fizeram que sim, humilhadas, mas os guris foram sinceros.

— Aquele carro do girassol que rodava, hein, papai!

Seu Adalberto corrigiu logo:

— Girassol, não, Arthur, crisântemo.

Depois que corrigiu ficou azul, sem saber ao certo se era crisântemo ou crisantêmo. Quer ver que eu disse besteira?

Seu Juca não havia meio de encontrar o raio da chave Esses bolsos de casaca!...

— O ano que vem, dona Quinota falou firme, nós iremos também a pé.

O marido até se virou. Ficou olhando espantado. Que diabo é isto?, ia perguntando. Por um triz que não perguntou. Mas ficou assim... Compreendeu? Parece?... Esta Quinota!...

Foi quando seu Adalberto, evidentemente mortificado, se refez e sentenciou como experiente na coisa, apesar de nunca ter entrado num automóvel pelo Carnaval: É melhor mesmo.

A tribo sumiu pela porta do 37. A maçaneta fechou por dentro. Torreco, torreco. Agora foi a chave: duas voltas. O pigarro do seu Adalberto, ainda com o acento do crisântemo a fuzilar-lhe na cabeça, veio até cá fora se misturar com um resto de choro, pandeiro e chocalhos, do bonde que passava mais longe. Passos apressados no fundo da rua. O burro do inglês estava na janela do apartamento fumando para a lua. Dona Quinota ficou olhando-o um pouco, depois cerrou a porta bem e fixou o marido, que dava por falta dum brinco: Que cretinos!

Seu Juca parou no meio do corredor, cara de ressaca, pernas abertas, o turbante nas mãos e esperou mais. Mas dona Quinota era hermética. O resto ficou lá dentro onde ninguém ia buscar, porque o marido, o único interessado na ocasião, mais morto do que vivo, preferiu tirar o colarinho e a casaca.

Dona Quinota atirou-se na cama escangalhada e feliz, só acordando na quarta-feira de cinzas ao meio-dia.

Quando o resto da família se levantou, o almoço (feito por ela) já estava na mesa, e dona Quinota se desesperava porque tinha lido no *Jornal do Brasil* que foram os Fenianos que pegaram o primeiro prêmio, quando todo mundo viu perfeitamente que só o carro-chefe dos Democráticos...

ESPELHO

DEPOIS DO AJANTARADO, esticado na cama, amolecido pelo calor e farto da peixada com que a amável dona Lola brindava, dominicalmente, seus hóspedes, seus olhos sonolentos foram se pregar no quadro em tricromia. Então o quadro foi ficando grande, grande, cada vez maior e a movimentar-se, e a mudar de cores. A moça de azul ficou encarnada, atirou fora as cerejas e veio saindo da moldura. A voz era cantante e meiga: Dá licença? Desceu com meticulosa delicadeza levantando levemente a saia já bastante curta do vestido, uma escada que não existia, fitou-o longamente, os olhos profundíssimos, doces e castanhos, mas mudando de repente de atitude, carregou

OSCARINA

ferozmente o semblante e começou a andar pelo quarto, gesticulando, exaltada. O quarto aí também não era mais o quarto. Era a sala da casa dela, com o abajur de gaze verde caindo em pontas, onde moscas formavam cachos, o retrato do moço amigo da família, que morreu de tifo, dormindo no aparador, o papel grená, que já não forrava mais nada, se esbeiçando pelos cantos. Só o relógio, engraçado, era diferente: um relógio sem tique-taque, sem ponteiros, sem pêndulo. Mas a voz da vizinha era a mesma e cantava.

Ela queria, queria, queria. Batia com o pé: eu vou!

Foi quando ele compreendeu: era a cena da véspera, do sábado. O vestido vermelho — ela dentro, nervosa — movia-se para todas as direções, multiplica-se, ocupava toda a sala como se não fosse um, mas cem, mil, um milhão de vestidos vermelhos e impacientes a exigir uma coisa quase impossível, a gritar que queria, que queria! Parou no meio da sala, mãos nas cadeiras, resoluta: É isto mesmo. Se não quiser, melhor.

Quis. "Vai." Ela foi. Ele ficou só na sala. Na sala, não, no quarto que era quarto outra vez, com tudo nos seus lugares: o quadro na parede, com a moça de azul sorrindo para as cerejas, o lavatório de metal e o espelho ferrugento, manchado. Só a sombra do cabide tinha mudado do chão porque o sol andara um bocadinho.

Foi então, dentro da realidade, que ele sentiu, pela primeira vez, com uma certeza absoluta, a inferioridade patente da sua vontade ante as investidas. Sentira-se fraco para arcar com a violência de uma negativa. Sentira-se forte para contrariar-se e satisfazê-la. Forte? Teve, aí, num repente de tristeza sem limites a cinematização nítida, sem pontos obscuros nem dúvidas, daquela vida que seria, d'agora em diante, a sua vida. Sorria para a vida futura, de dentro da sua tristeza resignada, com a mesma sinceridade que sorrira sempre, de dentro da sua alegria, para os homens que o cercavam.

Lá longe era o panorama de sempre: um cenário que ele criara e que haveria de ser, sem mudar, o cenário do seu interior. A compreensão das coisas futuras não o deixava alarmado. Resolvia tudo miraculosamente bem. Não haveria tropeços que não conseguisse burlar com a simples perspectiva da sua felicidade. Depois ele fazia por acreditar que haveria uma paz inevitável naquelas vidas pequenas das quais ele já se sentia o criador, o Jeová loiro e caixa d'óculos, sem nada de divino, que burguesmente se contaminava com todos os condutores de bonde, com todas as mesinhas de café e com todas as necessidades da vida comum.

— Belinha, Belinha!... Onde está meu suspensório?

O chiado dos ovos se fritando vinha de dentro das caçarolas. A casa teria jardim. O galinheiro ficaria no fundo, escondido na sombra, protegendo as legornes do calor. O sol do subúrbio mais os pardais estragariam as couves.

***

Agora, porém, a clareza da sua vida futura foi tão imprevista que não lhe permitiu traçar logo, com aquele imponderável bom senso de que se sentia senhor, a linha reta do seu proceder. E qualquer resolução sua, funda, formal, decisiva, poderia passar aos olhos dos que o cercavam como a mais absurda das coisas. Ele bem sabia que a boa dona Lola jamais acreditaria que aquele magro hóspede, funcionário de fraca categoria no Banco Germânico, pudesse ter tragédias interiores, necessidades dolorosas de cérebro e coração, rasgos estranhos de libertação. Tais coisas eram naquela pensão familiar do Andaraí, cheia de cadeiras de vime e reposteiros de chitão, apanágio exclusivo do dr. Fontes, viúvo, que além de doutor e mandão na Corte de Apelação era massudo colaborador da *Revista dos Tribunais* e pagava com as notas mais limpas e novas do Tesouro, no fim de cada mês, três vezes mais do que ele, fora ainda os extraordinários, que só em banhos mornos para o seu nervoso iam longe.

Era inútil aquela boa vontade do sol de entrar-lhe pelas janelas e aclarar-lhe o quarto pobre. Era perfeitamente inútil aquelas borboletas andarem esvoaçando no jardim de dona Lola, repleto naquela época de hortênsias azuis, que as mãos de dona Luiza, a filha, tão leves, tão delicadas, regavam pela manhã. Nem havia necessidade absolutamente daquele fundo cromal: pelo monte acima subirem, entrelaçados nos verdes, aqueles bangalôs ingleses, engraçados e pequeninos como brinquedos. Ele não era homem de ambientes exteriores. Uma paisagem não o consolava, o encanto de uma flor não diminuía o travo das suas dores, nem o canto de um passarinho fazia-lhe esquecer que ele vivia sozinho. Para que, pois, aquela graça da vida em volta dele, se a sua vida real, a sua vida verdadeira, aquela que ele vivia, longe de todos, longe de tudo, sem lar, sem parentes, sem amigos, apenas dentro do seu coração e dentro da sua inteligência não representava nada de definitivo?

Envergonhou-se. A moça ingênua do quadro adivinharia o seu pensamento? Sentiu-se acanhado e julgou-se de uma imbecilidade alarmante, que o fazia pôr a si próprio no grupo dos outros rapazes da pensão, o Joaquim, o Heraldo, o Manduca, que remavam no clube, frequentavam chás dançantes e discutiam futebol e gravatas com uma graça que deixava todas as moças da pensão num estado lastimável.

— Você ouviu, Bizunga? Bonito, não é?

— É.

Na varanda, seu Pinheiro exibia a sua Decca portátil. Dona Maria dos Dores elogiava à toa. O silêncio se enchia de foxtrotes.

Ele teria também foxtrotes musicando preguiças dominicais?

***

OSCARINA

Pensou que seria melhor aproveitar aquele domingo esplêndido para ensaiar a felicidade, correndo ao encontro da própria felicidade. Mas onde está a felicidade? Tiram tudo dos lugares. Naturalmente foi a Joana, a arrumadeira estúpida. E ficou indeciso também se seria possível, a ele, fazer-se feliz por um esforço de vontade. A indecisão, estava evidente, era uma das suas características, que, tanto como a mania de falar mal dos outros, ele já tinha notado, mas fingia não perceber com uma otimista opinião própria lugar-comum. Então resolveu, para fugir das incertezas da sua inteligência, das incertezas tremendas da sua vontade e das incertezas, tão mansas, do seu coração, dormir. Dormir por aquele domingo, todo luz e harmonia lá fora, emendando o dia com a noite, que ele calculava tão linda, como o dia, dormir à toa até a manhã apressada da segunda-feira, quando ele tivesse de escovar dentes e ir para o Banco.

E dormiu mesmo. O cabide não tinha mais sombra.

HISTÓRIA

Dona Rosinha, que era a nossa professora, nervosa, facilmente excitável, eternamente de preto, só tinha uma frase para definir o Tutuca: este pequeno parece que engoliu o capeta. O capeta era o diabo e dona Rosinha, a moça mais religiosa daquela cidadezinha, de maneira que a definição era altamente seria.

A sua religião, porém, era muito engraçada. Missa que não fosse das cinco horas não era missa para ela. Um católico fervoroso deve ter a obrigação de acordar cedo, dizia batendo com os nós dos dedos na vasta mesa de pinho.

Tinha preferências escandalosas por determinados santos. Por exemplo: o primeiro aluno de sua aula, que por muito tempo foi o Pedrinho, sobrinho do coletor federal, trazia sempre no peito, pendurada numa fita azul, uma medalha que era Santo Antônio, enquanto que o segundo recebia uma medalha muito maior que era São Geraldo. Porque na sua opinião Santo Antônio valia muito mais que São Geraldo, razão, mais ou menos, de dois São Geraldos para cada Santo Antônio. Também a gurizada não era assim tão boba que não soubesse fazer pilhérias à custa das suas predileções. E a gente dizia, de boca pequena, com uma ironia bem pouco infantil, que dona Rosinha gostava de Santo Antônio porque Santo Antônio era casamenteiro.

Era solteira, mas tinha uma vontade indisfarçável de se casar. Então, quando ela passava para fazer em casa uma porção de contas e um verbo todo para copiar, a gente, num assomo de raiva coletiva, corria à igreja do Rosário e fazia ingênuas promessas à Nossa Senhora do Carmo, rogando à santa que dona Rosinha morresse solteira.

Mas — para que negar? — era uma bela alma e quando nós tínhamos exame com o inspetor, que era um sujeito alto, de óculos e medonho de mão, ela soprava tudo porque a gente não sabia nada.

No fim do ano dava sempre uma festa cheia de recitativos e comediazinhas que na terra chamavam de teatrinho talvez porque, para a sua realização, fosse praxe se armar no salão da Câmara Municipal, que era gentilmente cedido, um pequeno palco, enfeitado com velhas colchas bordadas

HISTÓRIA

e variadíssimas flores de papel. Chorava sinceramente quando chegavam as férias e enchia a todos de prêmios: medalhas de santos, livros de histórias e copos dourados com palavras douradas: Amizade, Felicidade...

Uma vez saiu do sério e deu ao Juquinha da Miranda, que fizera um exame muito elogiado pelo inspetor, um estojo de courinho com réguas, lápis, canetas, borrachas e um copo complicado de alumínio para beber água.

Tinha uma irmã chamada dona Marta, muito mais moça do que ela, quinze anos, uma criança ainda, uns olhos azuis que todo o colégio namorava. Era muito fraca, muito leve, leve como uma pena, e parece que foi de tão leve que ela subiu ao céu.

Uma manhã, quando nós chegamos para a aula, o colégio estava fechado. A Mariana, velha empregada de dona Rosinha, disse, com os olhos vermelhos de tanto chorar, que naquele dia não haveria aula porque dona Marta tinha morrido, só porque fizera muito força para puxar uma mala. O médico, que era o dr. Jorge, falou na farmácia do seu Caetano — e o Nequinho ouviu — que ela tinha morrido do coração.

Nós fomos todos ao seu enterro, roupa branca, sapatos brancos, tudo branco, em filas, na frente do caixão, com flores na mão e um sorriso satisfeito nos lábios. No cemitério que ficava no alto dum morro, por trás da igreja da Boa Morte, seu Juca tabelião, que era poeta, falou, falou

OSCARINA

e falou. Nós não compreendíamos nada. Dona Zulmira, vizinha de dona Rosinha, chorando muito, desfiava um rosário, agasalhava, com o xale de crochê, o peito cavado, que o vento de inverno soprava fino e perigoso entre os ciprestes compactos. Logo que seu Juca acabou começaram os coveiros a encher a cova de terra. Pouco tempo ouvimos aquele barulho surdo, porque dona Zulmira tirou-nos todos dali dizendo "que era um espetáculo muito triste". Nós saímos contrariadíssimos, pois queríamos ver tudo até o fim.

Dona Rosinha ficou muito acabada, apareceu-lhe, dum dia para o outro, uma larga faixa de cabelos brancos, e nos deu oito dias de férias — oito dias de férias! — naquele bonito mês de maio, em que as noites eram claras, que a gente nem podia brincar de esconder!

— Por que, dizia o Joãozinho, o pior menino da aula, não morre seu Tatão também?

Seu Tatão era o pai de dona Rosinha. Fumava cachimbo, tinha uma voz grossa que amedrontava, e sempre que acabavam as aulas e a gente saía aos berros, pelo beco 13 de Maio, ele agarrava a Dorinha, que era loira mesmo como dona Marta, com olhos azuis como dona Marta, tão leve como dona Marta, e lhe fazia, com os olhos cheios de lágrimas, uma porção de festas no rosto...

TRAGÉDIA

— Sr. Carlos!

Era pela segunda vez que o sr. Castro tonitruava no Villino Miloca, chamando por seu filho.

Mas o tratamento de senhor, feito por seu pai, era sinal para o Carlinhos, um sabido, de descompostura grossa, e, como tinha íntimas culpas no cartório, deixou-se ficar onde estava, isto é, no minarete, que o arquiteto português garantiu ser puro renascença e cuja escada em caracol o reumatismo do sr. Castro com prudência evitava, escondido e parodiando, lá a seu modo, a decadente metáfora das varas verdes.

Mas uma vez ainda, para inteirar talvez o número da contagem célebre, a voz do sr. Castro ribombou pelas paredes do palacete, profusamente decoradas com paisagens imaginárias, de muito gosto, como elogiavam todas as visitas, especialmente o dr. Lessa, que viajara muito pela Europa, usava pincenê defumado e era muito entendido em coisas de arte. Vendo, porém, que era perfeitamente inútil o desperdício de cólera vocal, esperou melhor ocasião, fugindo de ir procurá-lo para não perder completamente a dignidade.

Às cinco horas, o relógio carrilhão andava um pouco atrasado, o encontro na sala de jantar foi inevitável.

O frio de junho caíra com a tarde sobre o minarete e sobre o Carlinhos veranicamente de *palm-beach*. A fome apertara. Carlinhos não aguentou mais e desceu para farejar a frigideira. Aretuza, em família Zuzu, tinha ido para o chá dançante se encontrar com o namorado. Sua mãe, por ir com ela, estava convencidíssima que ia acompanhá-la. Seu Castro, que chegou de repente, vendo as coisas assim e dando de cara com o esquivo Carlinhos, aproveitou a ocasião, e fazendo mais uma vez aquela sua profundíssima inflexão de voz, que era o terror dos empregados relaxados da firma Castro, Almeida & Cia. Ltda., chamou-o para o escritório, aquele sóbrio escritório criado pelo Leandro Martins, caríssima maternidade onde sua inteligência parturejava, laboriosamente, os planos dos seus negócios, todos com o governo.

TRAGÉDIA

A dignidade da família, Castro bisavô, Castro avô — uma mentalidade, ouviu? — e outros Castros, todos de Pernambuco e de notória importância ascendente, foi a base da chorumelada, que o Carlinhos aguentou firme e arrasado, como convinha a uma vergôntea espúria de tão soberbo tronco.

A ideia, então, de que ele tinha desgraçado a moça — fato inédito na história da família, que Castro pai enegrecia mais ainda a força dos seus portentosos e shakespearianos adjetivos — deixou-o meio zonzo.

— Eu me caso, papai... Eu me caso... gemeu num abatimento sincero de fazer dó.

— Mas você não pode casar! E a Marieta?...

Carlinhos não era burro, não. Na encrenca toda seu digno pai só se lembrava da Marieta, a filha do Maranhão, a menina dos dois mil contos.

Fez a cara mais sórdida que lhe era possível:

— É mesmo... E a Marieta?... e pôs-se sério, profundamente sério, como empenhado na resolução dum problema transcendente.

Então o pai, reacendendo o charuto, mais calmo, como quem tem na cabeça uma saída qualquer, por aí abaixo indagou da história toda, que depois — deixasse com ele — se arranjaria tudo. Mas queria saber antes, desde o princípio, como se dera aquilo, para poder agir com prudência e critério.

— Com todos os pormenores, está ouvindo?

Espichou-se na *maple* e foi gozando os pormenores pela boca do Carlinhos, trêmula, não se sabe, se de fingimento ou vergonha.

Os telefonemas, os encontros, a primeira brincadeira no cinema, o célebre passeio na Tijuca. — Onde? — Na Tijuca. — Ah! — Também o senhor sabe, ela não tinha pai, nem mãe, nem tias velhas, nem nada. Era a criatura mais feliz do mundo por isso. Castro pai, porém, não entendeu as coisas desta maneira ou fingiu que não entendeu, e obrigou ao filho a promessa de levá-la, no outro dia sem falta, ao escritório, na companhia, bem entendido, porque ele não queria — e lançou para fora da boca um "absolutamente", como o Carlinhos nunca tinha ouvido igual — que em casa soubessem.

No outro dia nenhum faltou à entrevista, mas o sr. Castro, pelo jeitão da menina, achou melhor que o filho se retirasse, que ele, pai, e ela, a coitada, perfeitamente arranjariam as coisas.

Como as coisas foram arranjadas, o Carlinhos só soube verdadeiramente um mês depois, quando, por boca de amigo, teve a notícia de que ela tinha casa montada em Santa Tereza por conta de Castro pai, porque o velho — e com que cara de dignidade sarada, de zelador impoluto da pureza ancestral — garantiu que a tinha mandado para São Paulo, com alguns contos de réis (nada de miséria

TRAGÉDIA

em fatos desta natureza!) e uma carta de recomendação para um velho amigo, pessoa de muitíssimo respeito, que haveria de arranjar para ela um emprego em condições, que queria trabalhar agora a doidinha. Falou mais: que tudo isso fizera, como um verdadeiro pai, pelo amor do futuro de seu filho, e também, franqueza, que diabo!, pela graça da menina, muito delicada, cordata, muito boazinha, muito viva, uma santa enfim, vítima da falta dos carinhos maternais, como ele muito bem compreendia.

Como todas as noites o sr. Castro tinha negócios importantíssimos e urgentes, assembleias, conferências comerciais, entrevistas com senadores para futuras negociatas, muito rendosas, dizia displicentemente, chuchurreando o cafezinho do jantar, voltando para casa alta madrugada, Carlinhos não teve mais dúvidas em dar como verdadeira a informação.

Mas a menina era maluca mesmo. Enjoou-se depressa dos carinhos do velho, da vitrola ortofônica, com discos tão bons do Francisco Alves, do bangalô bucólico, da vista batuta da terrasse sobre a Guanabara, e um belo dia desapareceu, quase que honestamente, porque de tudo que ele lhe dera, ela só levou os vidros de perfumes, que afinal, eram o reclame mais sensacional da sua pessoa.

O velho quando chegou em Santa Tereza e encontrou a casa vazia com a criada alemã, *fraulein* Bertha, chorando muito, deu o desespero, e para diminuir a extensão do seu desastre amoroso, como era finório, aproveitou as quinquilharias restantes, que não eram poucas como já se viu, e mandou carregá-las todas para casa, onde, debaixo da expectativa geral jamais vista no Villino, as ofereceu a dona Miloca, comovidíssima.

De noite dona Marocas, uma velha amiga, foi visitar dona Miloca; então dona Miloca mostrou tudo a dona Marocas. Aretuza aproveitou um descuido e roubou um porta-retratos, todo em madrepérola, para encaixar a fotografia tremida do seu querido Loló, tirada no banho de mar, que escondia à mãe, porque ela acharia indecente, e pipocá-lo assim mais lindamente de beijos, nas horas solitárias de dormir. Dona Marocas ficou para o chá, ouviu Chopin ao piano pela Zuzu, quinto ano do Instituto e muito sentimento, e saiu, como é natural, com muita inveja de tudo.

De papo para o ar, repimpado fartamente na poltrona de couro, com uma série adequada de expressões no rosto viril e nobre, que iam do brejeiro ao grave, o sr. Castro passou em revista aqueles recentíssimos acontecimentos de sua operosa vida, lembrando-se com saudades, muitíssimo razoáveis, das formas redondinhas, redondinhas da menina, tão perdidamente longe das virtuosas pelancas da mãe do Carlinhos, que um íntimo pudor, naquela hora não permitiu chamar de sua cara-metade.

TRAGEDIA

A menina alugou um quarto no Catete, mobiliou-o a rigor, comprando a mobília em prestações puxadíssimas no Mobiliador Cosmopolita. Quatro meses depois pagou a mobília entre os sorrisos do Abrahão Miglechivich, que previa um calote na certa. Pagou ainda ao médico da Farmácia Previdente, um moço loiro, recém-formado e que por isto fazia tudo que lhe caía nas mãos, a bagatela de oitocentos mil-réis pelos estragos do ofício, e a conta da modista também, madame France, que foi uma roubalheira de se tirar o chapéu. Mas não pôs dinheiro na Caixa Econômica, como queria, porque o danado do Carlinhos deu com a casa dela e sempre que ia lá, já sabe, saía cheio das notas, que ia gastar no Lamas, entre os colegas da Faculdade de Direito, onde vadiava no terceiro ano, porque o seu Maranhão — um homem dos antigos — não se fartava de dizer que a sua filha, a Marieta, só se casaria com um doutor.

UMA VÉSPERA DE NATAL

Ventava, mas a noite era quente, luzindo estrelas por cima do recorte dos morros. O grilo cantava no meio da grama, no jardinzinho quieto. Ele ouvia, pensativo. Quando o grilo sossegou, saiu da janela, acendeu outro cigarro, chegou-se para a poltrona onde ela se reclinava e venceu o silêncio que se prolongara:

— Não te vais vestir?

Continuou com a cabeça loira tristemente apoiada na mão e respondeu sem entusiasmo:

— Vou. Tem tempo. Que horas são?

— Dez.

— Já?

Mostrou-lhe o relógio-pulseira, chegou-se mais e beijou-a:

— Estás triste?

Deu um suspiro, fitou-o longamente:

— Não. Por quê?

— Não sei.

Não sabia mesmo. Parecia, porém, que estava, tão distante se mostrava. Pegou-lhe na mão alva e pequenina e acariciou-a:

— Gostaste do presente?

— Muito! e suspendeu a mão, revirou-a, mirando o anel.

— Papai Noel é pobre...

— Você duvida, meu bem?

— Duvido duma coisa.

— De quê?

— Da tua memória.

— Memória?! até se espantou, virando os olhos verdes e fundos.

— Sim, memória. Queres ver? Vejamos: que é que aconteceu há sete anos?

Riu com meiguice: bobo. Chamou-o para junto de si, estreitou-o contra o peito, beijou-o e fugiu para o quarto.

— Vou me vestir, ouviu? É um minutinho.

UMA VÉSPERA DE NATAL

Ficou só na salinha, que o abajur de crepe tenuemente iluminava, de *smoking*, pronto, esperando-a para irem ao réveillon. A noite seria alegre, amigos os esperavam, um fecho divertido para aquele dia que lhe correra tão bem. Recebera a gratificação, trouxera um bonito presente, jantaram entre flores. Fazia justamente sete anos que se conheceram, casando pouco depois. Tivera alguns maus dias, padecera privações, mas sempre encontrara o apoio da esposa, que não o fizera fraquejar. Sete anos já se iam, e conservavam-se sempre unidos, muito amigos, sempre amorosos. Somos um casal feliz, dizia às vezes. E dona Cidoca, a prestimosa vizinha, não perdia ocasião para afirmar, "que a vida deles era uma eterna lua de mel". Não compreendia, pois, a melancolia de que Maria se achava possuída e que não conseguira, apesar das negativas, dissimular. Também, raciocinava, jantaram tão solitários... Fizera mal não convidar alguém. Estava um jantarzinho tão bom! Ao menos tia Lulu, tão amiga deles, tão bondosa... Poderia parecer-lhe ingratidão. A história de ela teimar em não ter telefone dava daquelas. Pouco importa. Poderia tê-la avisado de outra forma. Fora mesmo um grande esquecimento que não se repetiria. Enfim, iriam para o réveillon. Lá sim, entre amigos, não faltaria alegria.

Sentiu-se inquieto, apressado:

— A minha princesa ainda demora muito?

Ela aparecia radiosa, linda no seu vestido azul, comprido, quase escondendo os pés. Teve um sincero orgulho da sua esposa. Não se conteve:

— Estás encantadora!

Correu para ela e enlaçou-a:

— Vamos dançar muito, estás ouvindo? Havemos de nos divertir bastante para desanuviar este coraçãozinho!

E marcando o compasso das palavras com o dedo conselheiral:

— Faz hoje sete anos...

Ela abaixou os olhos, ele acompanhou-os com os seus, foram pousar na capa da revista, sobre a mesinha, uma singela alegoria: crianças brincando à volta duma árvore de Natal.

Compreendeu tudo num relance. Que tolice pensar em tia Lulu, em amigos, em danças, em réveillon. Ver passar, como passavam, aquela noite feita para outras, tão diversas, alegrias, era realmente doloroso.

Tirou os olhos da revista e gemeu desconsoladoramente:

— Eu não tenho culpa.

Ela também não tinha. Agasalhou-se no manto, deu-lhe um beijo triste:

— Deus não quer.

Ficou parado, sem palavras, sem gestos que fazer, sem saber o que fazer.

UMA VÉSPERA DE NATAL

Ela, então, gritou para a criada:

— Fecha tudo direito, Francisca. Olha que andam muitos ladrões por aí!

E, enchendo-se de doçura, virou-se para ele:

— Não vai chamar o automóvel?

ONOFRE, O TERRÍVEL, OU A SEDE DE JUSTIÇA

O MATA-MOSQUITO ONOFRE PEREIRA DA SILVA acendeu a lâmpada portátil e viu — epa!... — as larvas fervilharem na poça d'água, que os verdes tinhorões escondiam naquele recanto rico e abandonado de jardim.

Ajeitou as duas caprichosas pastinhas do cabelo rebelde e duro que a brilhantina domesticava à força de doses cavalares e mecanicamente pegou na lata de Stegomyol para liquidá-las.

Mais um dia, pensou, talvez uma hora, seriam mosquitos que, como uma nuvem, picando amarelentos, invadiriam as casas disseminando a morte.

Parou ansiado pelo pensamento. A poça era pequena para refleti-lo, mas pouco importava que ele estava se vendo perfeitamente. Via-se grande, enorme, portentoso, pela grandeza da sua profissão. Era nobre e eloquente. Não era mais o Onofre Pereira da Silva, o magro, o escanifrado Onofre, mas qualquer coisa de divino, de onipotente sob a farda cáqui com o distintivo vermelho da Saúde Pública: sentinela avançada da população. Estava na argúcia dos seus olhos farejadores de stegomyas e na inflexibilidade de seus braços, que os borrifava impiedosamente de Stegomyol, o sossego daquela cidade.

— Aqui há mosquitos, Onofre! gritava uma voz amedrontada.

E ele lá ia devastando-os.

Mais adiante imploravam:

— Aqui, Onofre, aqui! Pelo amor de Deus!

Ele acudia, solícito, uma serenidade imperturbável, uma alegria absoluta, indômito:

— Para trás, facínoras! Para trás!

E eles fugiam. Fugiam, não. Ele os matava, não deixando nenhum para contar a história.

E era a própria morte, raciocinando bem, que ele matava, a morte que pairava sobre a cidade, espreitando. Ele matava a morte! Ele, Onofre Pereira da Silva, o 116 da turma de Botafogo!

ONOFRE, O TERRÍVEL, OU A SEDE DE JUSTIÇA

Era demais! Ficou extático, o gesto suspenso, a lata de Stegomyol na ponta do gesto, a brisa que vinha do mar roçando-lhe cariciosa a cabeça ousada, a pastinha da direita, a maior, a preferida, a de mais cuidados na hora difícil do pentear, se estufando, desobediente às camadas de vaselina perfumada.

Sucumbiu-se logo, porém, com a lembrança do seu salário, miserável, irrisório. Ficou mais miserável ainda ao confrontá-lo com a grandeza da sua ação ao sol, na chuva, sem domingos, sem feriados, sem hora, sem nada.

Enquanto isso, quanto ganhava o diretor? Sim, senhores, quanto ganhava? Contos! Muitos contos! Quantos? Nem sabia! Um mundo! E para quê? — o sorriso superior dançou-lhe nos lábios escarninhos. — Para assinar papéis... Defender uma cidade, aniquilar a morte, destruir o stegomyia, assinando papéis!... Ridículo!... E contos de réis pelos rabiscos que ninguém entendia. Ele sim: ele que ganhava uma ninharia é que defendia, afastava o perigo, dominava os focos, ele o herói obscuro, o ignorado, o mal pago. Nos ombros dele, Onofre, é que descansava um milhão de almas.

Acelerou o raciocínio: muitos como ele. Quantos? Os operários não têm conta. Os humildes, os fracos, os desprotegidos, em resumo: os pobres! Sim, os pobres, sofrendo do destino injusto a opressão dos ricos. Trabalhando, se esfalfando, se matando, para que com os benefícios de tanto suor, de tantas lutas e tantas dores, os magnatas pudessem ir envelhecendo sorrindo à sombra do conforto, com seus automóveis, as suas joias, as suas mulheres, na fartura e na felicidade. Felicidade, sim, senhor: Fe-li-ci-dade! (alongava bem as sílabas). Que era então a felicidade?!

O homenzinho arfava com violência. Os raios do sol caindo sobre ele inflamavam mais ainda a cabeça exaltada pela avalanche estonteante de pensamentos nobres. Em vão o suor, que lhe porejava da testa, se esforçava para moderar o fogo interior. Em vão. Ele era todo um anseio de revolta, um esfomeado de justiça!

Quando chegaria a hora da vindita? Quando terminaria a hora dos oprimidos? Talvez bem pouco — tremia — se ele... Tremia todo numa comoção viril de libertador. Os olhos se esbugalhavam.

Bastaria proteger as larvas deixando dentro da sua lata o Stegomyol inseticida. Bastaria... Como era sutil e doce o gesto dos que vingam os fracos!... Como era manso, suave, inocente, quase infantil!... Bastaria deixar o Stegomyol na sua lata e seguir adiante... E mais um dia, talvez uma hora, as larvas seriam mosquitos, seriam uma nuvem — e que nuvem! — que levaria a morte nas suas asas, nos seus ferrões, pelas casas dos ricos para ceifar, para ceifar.

Urubus, malandros, num estender plácido de asas, nem voavam, equilibravam-se, descuidosos, no espaço azul, estridente, luminoso, por sobre o campo de futebol, por sobre o Asilo todo cercado de palmeiras, por sobre os bangalôs que americanizavam a Urca.

E ele já via os mesmos urubus voando, a grasnar, sobre a carniça abandonada nas ruas silenciosas, ao peso da desgraça que devastava os lares opulentos. Já via os urubus molengos disputarem à bicada os corpos insepultos, aqui o Castro e o Teixeira — da loja de ferragens —, ali o dr. Medeiros (osso só!) e o deputado Alvim, mais acolá o Walfredo, um ricaço que ele nem sabia onde ganhava tanto dinheiro, mais à frente o Viçosa, o dr. Stênio, o major Albuquerque, em suma todos os graúdos que ele conhecia.

Ali acabaria a pobreza. Os pobres desceriam da Babilônia, do Pinto, da ladeira do Leme, para invadir as casas. Desceriam como em procissões, vagarosos, quatro a quatro, levando estandartes, imagens de santos, palmas, louvando Deus nas alturas soltando foguetes de cinco bombas, cantando loas a S. Benedito:

Meu São Benedito, oooi...
Meu São Benedito, oooi...

Ele, de longe, sorria, abençoando, perdoando tanta ignorância. "Fui eu!", bastaria dizer para aquela multidão atirar-se aos seus pés agradecendo, rindo e chorando ao mesmo tempo na confusão deliciosa de quem ganha a felicidade, chamando-o o "profeta". Mas não diria...

OSCARINA

Então Onofre se perturbou: e os mosquitos? Os mosquitos que continuariam a morder, a sugar, atacariam os pobres também transmitindo-lhes o mal! Pobres dos seus pobres. Os mosquitos seriam tantos que nada os exterminaria. Pobreza não vacina ninguém contra a febre amarela. Pobres dos seus pobres!...

Os soluços vinham sinceros, fraternais, do fundo do seu coração desolado.

Os mesmos urubus molengos, disformes, desengonçados, que se fartaram na mortandade dos ricos, se regalariam agora na carne dos pobres, dos seus amigos, dos seus irmãos. O Lusa, com as tripas para fora, tinha uma contração no rosto amarelo-ocre que o amaldiçoava. O Nelson do Cavaquinho, tão bom, tão engraçado, coitado, lá estava mais longe, montado por um urubu imenso, um urubu-rei, de pescoço branco, horrível, que lhe devorava as entranhas já viscosas, putrefatas. Perdão! Perdão!, pediria, as lágrimas jorrando dos seus olhos sinceros. Eu não fiz por mal!... Que louco! Era para o bem de vocês, era para o bem! Mas o Anacleto, seu primo, no fundo duma sarjeta, os olhos comidos, vermes escorregando pelo canto da boca, lhe mostraria o punho crispado prometendo vingança.

Tudo seria deserto, vazio, na sua frente. Os cinemas fechados, o circo da rua da Passagem era um monte de trapos e sarrafos. Só o último cartaz *A honra do marujo* — um drama que fazia chorar! — resistia ainda, pregado no muro

ONOFRE, O TERRÍVEL, OU A SEDE DE JUSTIÇA

por cima do buraco da bilheteria. Nas ruas não passava uma pessoa e somente os pardais, que não apanham febre amarela, continuavam a chilrear, indiferentes, no meio das ramadas compactas, quando vinha o crepúsculo...

A Babilônia abandonada, os casebres a cair. Acabaram-se os choros, flauta, cavaquinho e violão (ele arrancando a cadência do pandeiro com guizos) de noite, na porta do Zé Malussa, até a madrugada, quando os galos amiudavam o canto, e lá no fundo do céu indeciso, para os lados do mar, vinha apontando uma réstia rósea e tímida do sol.

Não haveria ensaios para a saída do rancho no Carnaval. Ele não mais seria príncipe. Ele não mais seria cruzado, a cruz no peito, o escudo prateado, a lança erguida, defendendo a Jurema, de cristã, que os mouros queriam roubar, na concepção que o Pedro Martins, mestre-sala, estava planejando para este ano. Fechado o Corbeille das Flores, fechado os Amantes da Arte, fechado os Caprichosos da Chacrinha. Mortas, talvez, a Marilda, a Leonor, a Paulina, a Florípedes...

O chefe da turma acordou-o do pesadelo:

— Então, seu Onofre, como é?...

Onofre, ainda tonto, debruçou-se e derramou o Stegomyol assassinando as larvas.

— Agora faz uma meia hora para o almoço, ouviu? Eu volto já pra gente atacar a travessa e a avenida, que está uma sujeira.

O chefe entrou na casa de pasto, ele sentou-se na calçada mesmo sob a frescura dos oitizeiros. Os urubus continuavam a voltejar serenos, negros, muito nítidos, no alto do azul imaculado. O bondinho do Pão de Açúcar ia subindo tão tranquilo, tão firme, como se fosse para o céu.

Desembrulhou a marmita, ficou lendo umas notícias truncadas no pedaço de jornal, enquanto comia, solitário, o feijão frio com carne que a mana Balbina lhe preparara. Vinha o automóvel no fundo da rua levantando poeira. Passou. Acompanhou-o com o olhar, uma limusine — que bom a gente ser rico!... — dobrou a esquina, sumiu, foi embora. Mordia o pão. Que angústia desconhecida o oprimia!... Que moleza, meu Deus, sentia escorrer dos seus membros. Uma fadiga, um amolecimento, parecia que nem existia, parecia que flutuava. Depois, aquele suor frio. Dir-se-ia morrer de tão frio, de tão fraco. Engoliu com dificuldade o resto da banana. A poeira, pouco a pouco, voltou ao chão. Lembrou-se, sem motivo, do Waldemiro. Onde ele estaria? Fora sorteado. Por quê? Vinha a brisa do mar, lá longe, refrescando...

O primeiro fósforo não acendeu o cigarrinho Yolanda. Talvez voltasse a pé para casa, o pagamento andava atrasado, os últimos duzentos réis jogara no cachorro. Talvez também um dia... ah!, um dia...

Então a brisa do mar veio mais forte e enxotou o farrapinho de sonho que teimava.

A ÚLTIMA SESSÃO DO GRÊMIO

Faz frio, frio de julho, úmido, sem defesa, que sobe do assoalho e se infiltra pelo corpo. As moscas, em cachos, dormem no fio da lâmpada de vinte e cinco velas, luz escassa e amarela que quase não ilumina a sala, com grandes manchas verdes de bolor nas paredes altas, triste e improvisada. Sussurrava-se nos cantos, aos grupos.

Quando o mumificado secretário calculou que fossem oito horas e meia, o presidente, cabeça grande e ossuda, cabelo jogado para trás, como de um golpe, uma sujeira premeditada no colarinho Marvello, mandou-o fechar a porta, levantou-se e deu um brado formidando, que trazia no âmago qualquer coisa de trágico e doloroso:

OSCARINA

— Está aberta a sessão!

Ninguém se mexeu com o trovão vocal do maioral, acostumados ao ribombo, pois já estavam na quinta reunião. Na primeira, sim, fora horrível. Os rapazes nunca tinham ouvido uma voz feroz, reforçada por adjetivos tão profundos. Na segunda ainda tremeram, pálidos do susto, mas na terceira entraram nos eixos.

A trágica dor que pungia o presidente vinha da inutilidade de seu timbre, única coisa que trouxera do berço como dom genial e que já não impressionava mais os rapazes indiferentes. Engoliu o fel sincero do seu despeito e para satisfazer a vaidade pessoal repetiu: Está aberta a sessão! — no mesmo tom, como reminiscência deliciosa do pavor que há tão pouco tempo infundia sua voz, superioridade efêmera que se fora para nunca mais.

Começou por chamar os rapazes de VV. SS.:

— Permiti que use o verbo meu — e punha a destra na altura da boca rasgada — para dizer — e olhava torvamente para o vago, para o indefinido que ficava além do teto — para dizer, repetia, que aqui há um traidor. Fez um gesto circular: aqui! Pela frieza com que o pessoal recebeu esta considerável afirmação, pode-se crer que já há muito participasse do fato, sem lhe ligar a mínima importância, mas ele não percebeu esta frieza e por um longo minuto de soberbo silêncio paralisou o dedo espetado e a palavra nos lábios fáceis. A luz tremelicava.

A ÚLTIMA SESSÃO DO GRÊMIO

O magro tossiu, fez menção de fechar a janela, pois o vento fininho vinha de fora, perigoso e cortante. Uma pneumonia é o diabo!, soprou ao ouvido do gordo que confirmou com a cabeça: se é. Bateram na porta com pudor. Abriram: era um retardatário. O presidente nem o viu, perdido na alta da sua indignação, alheiando a tudo que era terrestre, rasteiro e mesquinho.

Ele sentou-se ressabiado, sentindo intimamente que tinha lesado o presidente num dos seus maiores gozos: o da escacha olímpica com que brindava os faltosos do grêmio. Sentou-se e ouviu o presidente denunciar o traidor, acusando-o de "pouquidade mental". Trovejou um "empós" para continuar insultando o amigo do traidor, "um poetrasto de seborrenta musa". Fulminou o crítico que o elogiara — uma azêmola, senhores! Prosseguiu a estraçalhar vivos e mortos, acabando, as veias do pescoço muito inchadas do esforço, a esmurrar a mesa, por maltratar os próprios camaradas com repetidos: compreendeis, compreendeis? — como se todos eles formassem na sua frente uma cambada de idiotas.

Sofreu um vexame quando, aparteando, o magricela disse que "deboche" era galicismo e "casco dasno" não soava bem.

Defendeu o deboche que Camilo — o mestre dos mestres! — já usara (e citava), mas emudeceu com o casco dasno que não soava bem.

Este aparte é que não lhe soava bem no fundo do coração. Tentava reconstituí-lo: o poetazinho pernóstico, que ele tinha descoberto e trazido para o grêmio se levantara, repuxara a calça cinzenta listrada — sr. presidente: quero crer que casco dasno não...

Bandido!, como ousava atacá-lo, aquele ingrato! Com que desplante arregaçara a voz: sr. presidente, quero crer que casco dasno...

Via mais longe: aquilo era o princípio. Ah! e quem diria que já não fosse o fim? Quem diria que não era o termo de mais um sonho, um último sonho que se ia por água abaixo levando-lhe a melhor, a sua única esperança: ter um auditório, uma plateia, um público pequeno sim, mas seu, já que todas as revistas se fechavam a sua colaboração, já que fora um grande sacrifício vão a publicação do seu livro de versos, produto das suas vigílias tormentadas, rimas que lhe eram a única felicidade.

Recalcou dentro do peito largo a mágoa imensa, acendeu dentro do coração uma chama de esperança: talvez seja ilusão minha...

E passou à ordem do dia: a questão ortográfica.

A questão ortográfica era o seu prato de substância, o preferido, o prato que ele confeccionara para o menu obrigatório de todas as sessões.

"Prosseguindo nos meus profundos estudos, vou profligar umas protervas ejaculações sofísticas dum desconhecido que me repugna pronunciar o nome, mas que por boca menos pura podereis saber. Sr. segundo-secretário, quem é o ignóbil que me ataca?"

Alguns riram, que o diabo do homem de vez em quando tinha graças! E a boca menos pura do segundo-secretário, que era o poeta mavioso dos *Versos ao meu amor*, escarrou o nome do desgraçado:

— Antônio Pereira.

O presidente sorriu grosso, refazendo-se do gozo em que se afogara:

— Está aí! Agora chega de imundícies! — malhou uma palmada sólida na mesa. — Passemos à questão ortográfica! Dizia o sr. Cândido de Figueiredo...

Mas era o fim, bem adivinhara. Era o fim, o desprezo pelo seu esforço, a inutilidade de seus sacrifícios para a fundação do grêmio, uma assembleia onde ele pudesse expor seu pensamento voltado para o amor das velhas formas, para a pureza dos trechos clássicos, para o culto de Camilo, de Castilho, de Herculano.

O grêmio precisava de gente e ele apertara com calor a mão do poeta Gonçalves, Arthur Gonçalves, com quem tivera em tempos violenta discussão na porta da confeltaria. Procurara o Castelo e solicitara o seu apoio, pedindo esquecer — águas passadas não movem moinhos, Castelo, o que lá vai, lá vai — à briga por causa de pronomes e do Mário de Andrade — um burro! Procurara o diretor do jornal que o barrara dentre os colaboradores — que importa? É olvidar! — e pedira para o grêmio a publicação das atas. Arranjara a sala, cavara ofertas para a biblioteca. Tudo fizera, desperdiçando forças, nervoso, querendo fazer tudo ao mesmo tempo, humilhara-se até, porque sabia que tudo seria para melhor e no fim de tanta lida lá estaria o seu público, ouvintes para as suas poesias, risadas para os seus sarcasmos. E agora, tão cedo, tudo lhe fugia, ele bem sentia, perdia-se o sonho difícil que arquitetara. Fora-se o entusiasmo dos primeiros dias, só ele era o mesmo. Já se bocejava quando ele lia os poemas da sua lavra, cheios de florões e blasfêmias às mulheres. Já não ouvia, depois das sessões, na rua, falar do seu sarcasmo que queimava.

Deu uma sacudidela violenta no cabelo como que acordando.

Mudou de repente de assunto: propôs dissolver o grêmio!

Ninguém se espantou. Acharam até natural. Pôs em votação.

— Apesar do voto ser secreto, disse, voto pela dissolução!

Os rapazes já sabiam que eram melhores as noites lá fora, no bilhar, o bilhar do Quincas, um sujeito ventrudo, com piadas engraçadíssimas, na praia, entre as pequenas, no cinema, do que ali naquelas sessões estéreis, a ouvir sem cessar a voz do presidente vomitar contra tudo, homem e

A ÚLTIMA SESSÃO DO GRÊMIO

obras, coisas e divindades, a onda do seu despeito, num elogio desvairado e mórbido do que era seu.

Perguntou secamente ao bibliotecário:

— Quantos volumes temos?

— Vinte e um.

— Amanhã devolva-os aos doadores e está tudo acabado.

Levantaram-se. Apanharam os seus chapéus, as capas, e foram saindo. O tropel pela escada chegava, entre risos, aos ouvidos do presidente, ainda sentado no seu lugar de honra, ereto, superior.

— De que se ririam?

Esboçou um sorriso amargo:

— Imbecis!

E levantou-se também, desceu a escada pisando forte, caiu na rua, sem chapéu. A onda dos cabelos elevando-se revolta sobre a cabeça grande.

A primeira edição deste livro foi impressa nas oficinas da
DISTRIBUIDORA RECORD DE SERVIÇOS DE IMPRENSA S.A.
Rua Argentina, 171, Rio de Janeiro, RJ
para a EDITORA JOSÉ OLYMPIO LTDA. em janeiro de 2022.

★

90º aniversário desta Casa de livros, fundada em 29.11.1931